New 토픽 초급 어휘·문법 완전공략

新韓檢 TOPIK 必備 初級 單字＋文法 全攻略

國家圖書館出版品預行編目資料

新韓檢TOPIK初級必備單字、文法全攻略/ 雅典韓研所企編.
-- 初版. -- 新北市 : 雅典文化事業有限公司, 民113.01
面 ; 公分. -- (韓語大師 ; 01)
ISBN 978-626-7245-22-4 (平裝)
1.CST: 韓語 2.CST: 詞彙 3.CST: 語法 4.CST: 能力測驗
803.289 112012033

韓語大師系列 01

新韓檢TOPIK初級必備單字、文法全攻略

企　　編／雅典韓研所
責任編輯／呂欣穎
內文排版／鄭孝儀
封面設計／林鈺恆

法律顧問：方圓法律事務所／涂成樞律師

總經銷：永續圖書有限公司
永續圖書線上購物網
www.foreverbooks.com.tw

出版日／2024年01月

雅典文化

出版社
22103 新北市汐止區大同路三段194號9樓之1
TEL (02) 8647-3663
FAX (02) 8647-3660

韓文字是由子音和母音組成，分成 21 個母音和 19 個子音，總共 40 個，又稱為韓語 40 音。

其組合方式有以下幾種：

1. 子音加母音，例如：나（我）
2. 子音加母音加子音，例如：손（手）
3. 子音加複合母音，例如：왜（為什麼）
4. 子音加複合母音加子音，例如：왕（王）
5. 一個子音加母音加兩個子音，例如：값（價格）

簡易拼音使用方式

1. 為了讓讀者更容易學習韓語發音，本書特別使用「簡易拼音」來取代一般的羅馬拼音。

   規則如下，

   아침에 뭘 먹었어요? 빵을 먹었어요.

   你早上吃了什麼呢？吃了麵包。

   a-chi-me mwol meo-geo-sseo-yo ppang-eul meo-geo-sseo-yo

   ----------一般羅馬拼音

   a.chi.me/mwol/mo*.go*.sso*.yo//bang.eul/mo*.go*.sso*.yo

   ------------簡易拼音

文字之間以「.」做區隔。

文字之間的空格以「/」做區隔。

不同的句子之間以「//」做區隔。

基本母音

母音	羅馬拼音	簡易拼音	注音符號
ㅏ	a	a	ㄚ
ㅑ	ya	ya	一ㄚ
ㅓ	eo	o*	ㄛ
ㅕ	yeo	yo*	一ㄛ
ㅗ	o	o	ㄡ
ㅛ	yo	yo	一ㄡ
ㅜ	u	u	ㄨ
ㅠ	yu	yu	一ㄨ
ㅡ	eu	eu	ㄜ
ㅣ	i	i	一

說明：

- 母音「ㅓ」的嘴型比「ㅗ」還要大，發出類似「ㄛ」的聲音，「ㅗ」的嘴型則較小，整個嘴巴縮小到「小o」的嘴型，發出類似「ㄡ」的聲音。
- 母音「ㅕ」的嘴型比「ㅛ」還要大，發出類似「一ㄛ」的聲音，「ㅛ」的嘴型則較小，整個嘴巴縮小到「小o」的嘴型，發出類似「一ㄡ」的聲音。
- 母音「ㅡ」的發音和「ㄜ」發音有差異，嘴型要拉開，牙齒快要咬住的狀態，才發得準。

基本子音

子音	羅馬拼音	簡易拼音	注音符號
ㄱ	k／g	g	ㄎ／ㄍ
ㄴ	n	n	ㄋ
ㄷ	t／d	d	ㄊ／ㄉ
ㄹ	r／l	r／l	ㄌ
ㅁ	m	m	ㄇ
ㅂ	p／b	b	ㄆ／ㄅ
ㅅ	s	s	ㄙ／ㄒ
ㅇ	ng	ng	不發音
ㅈ	j	j	ㄘ／ㄗ
ㅎ	h	h	ㄏ

說明：

- 子音「ㄱ」出現在第一個字時，發「ㄎ」的音，不是第一個字時，發「ㄍ」的音。
- 子音「ㄷ」出現在第一個字時，發「ㄊ」的音，不是第一個字時，發「ㄉ」的音。
- 子音「ㅂ」出現在第一個字時，發「ㄆ」的音，不是第一個字時，發「ㄅ」的音。
- 子音「ㅈ」出現在第一個字時，發「ㄘ」的音，不是第一個字時，發「ㄗ」的音。
- 子音「ㅅ」遇到母音「ㅏ,ㅓ,ㅗ,ㅜ,ㅡ」時，發「ㄙ」的音，遇到母音「ㅑ,ㅕ,ㅛ,ㅠ,ㅣ」時，發「ㄒ」的音。
- 子音「ㅇ」出現在第一個音節時，不發音。

氣音（子音）

子音	羅馬拼音	簡易拼音	注音符號
ㅋ	k	k	ㄎ
ㅌ	t	t	ㄊ
ㅍ	p	p	ㄆ
ㅊ	ch	ch	ㄘ

說明：

- 子音「ㅋ,ㅌ,ㅍ,ㅊ」屬於送氣音，發音時氣流會從喉嚨發出來。

硬音（子音）

子音	羅馬拼音	簡易拼音	注音符號
ㄲ	kk	g	ㄍ
ㄸ	tt	d	ㄉ
ㅃ	pp	b	ㄅ
ㅆ	ss	ss	ㄙ
ㅉ	jj	jj	ㄗ

說明：

- 子音「ㄲ, ㄸ, ㅃ, ㅆ, ㅉ」屬於硬音，發音時聲音要加重。

其他母音

母音	羅馬拼音	簡易拼音	注音符號
ㅐ	ae	e*	ㄝ
ㅒ	yae	ye*	ㄧㄝ
ㅔ	e	e	ㄟ
ㅖ	ye	ye	ㄧㄟ
ㅘ	wa	wa	ㄨㄚ
ㅙ	wae	we*	ㄨㄝ
ㅚ	oe	we	ㄨㄟ
ㅞ	we	we	ㄨㄟ
ㅝ	wo	wo	ㄨㄛ
ㅟ	wi	wi	ㄨㄧ
ㅢ	ui	ui	ㄜㄧ

說明：

- 母音「ㅐ」比「ㅔ」的嘴型大，舌頭的位置比較下面；「ㅔ」的嘴型較小，舌頭位置比較中間。不過，大多數的韓國人發這兩個音是很像的。
- 母音「ㅒ」比「ㅖ」的嘴型大，舌頭的位置比較下面，「ㅖ」的嘴型較小，舌頭位置比較中間。不過，大多數的韓國人發這兩個音是很像的。
- 母音「ㅙ」的嘴型比「ㅚ」和「ㅞ」大一些，不過，現代很多韓國人對這三個母音已無法明確區分，發類似「ㄨㄝ」或「ㄨㄟ」的音即可。

序 言

學習韓語在台灣有越來越興盛的趨勢，台灣對韓語人才的需求也日漸提高。身為具有外語專長的你，需要一些證照來證明自己的能力。

TOPIK一在台灣唯一舉辦的韓國官方語文能力測驗。不管你是要去韓國留學、或是想要找韓國企業以及與韓語相關的工作，**TOPIK**的證照絕對是你一定要入手的專業語文證照。

想要通過韓國語文能力測驗，你需要紮實的基礎語文能力，也就是單字的認識量，以及對文法的理解力，唯有具備了這兩種能力，才有機會通過測驗。本書從韓國語文能力測驗官方所公布的單字以及歷屆韓語檢定考題最常出現的文法，精心網羅了常出、必出、一定要懂的初級單字與文法。每個單字和文法都有幫助理解的例句，不但可以加深對單字的印象，更可以提升文法的應用能力，再配合**QR Code** 朗讀加強聽力，這絕對是你通過考試的最佳幫手。

詞性簡稱說明

名詞 [名]
形容詞 [形]
動詞 [動]
副詞 [副]
慣用詞 [慣]
數詞 [數]
量詞 [量]
代名詞 [代]
感嘆詞 [嘆]
冠形詞 [冠]
口語 [口]
地名 [地]
接尾詞 [接]

新韓檢
TOPIK
必備
初級 單字+文法 全攻略

Part 1

TOPIK必備初級單詞

007 track

● ㄱ

가게　ga.ge
✎ 名　店鋪

➜옷 가게
服飾店。
ot/ga.ge

가격　ga.gyo*k
✎ 名　價格

➜가격이 싸다.
價格便宜。
ga.gyo*.gi/ssa.da

가구　ga.gu
✎ 名　傢俱

➜가구를 만들다.
製作家具。
ga.gu.reul/man.deul.da

가깝다　ga.gap.da
✎ 形　近、不遠

➜가까운 곳.
近處。
ga.ga.un/got

가끔　ga.geum
✎ 副　偶爾、有時

track 008

▶가끔 교회에 가다.
偶爾去教會。
ga.geum/gyo.hwe.e/ga.da

가다	ga.da
動 去	

▶학교에 가다.
去學校。
hak.gyo.e/ga.da

가르치다	ga.reu.chi.da
動 教導	

▶한국어를 가르치다.
教韓語。
han.gu.go*.reul/ga.reu.chi.da

가방	ga.bang
名 包包	

▶가방을 사다.
買包包。
ga.bang.eul/ssa.da

가볍다	ga.byo*p.da
形 輕、不重	

▶가벼운 짐.
輕的行李。
ga.byo*.un/jim

가수	ga.su
名 歌手	

▶여가수.
女歌手。
yo*.ga.su

가슴 ga.seum
✏名 心、胸部

▶가슴이 아프다.
心痛。
ga.seu.mi/a.peu.da

가요 ga.yo
✏名 歌曲、歌謠

▶가요를 부르다.
唱歌。
ga.yo.reul/bu.reu.da

가운데 ga.un.de
✏名 中央、中間

▶광장 가운데.
廣場中央。
gwang.jang/ga.un.de

가위 ga.wi
✏名 剪刀

▶가위로 자르다.
用剪刀剪裁。
ga.wi.ro/ja.reu.da

가을 ga.eul
✏名 秋天

track 010

▸가을은 계절이다.
秋天是季節。
ga.eu.reun/gye.jo*.ri.da

가장 ga.jang
✏ 副 最

▸가장 예쁜 사람.
最漂亮的人。
ga.jang/ye.beun/sa.ram

가져가다 ga.jo*.ga.da
✏ 動 拿走、帶走

▸그가 돈을 가져갔다.
他把錢拿走了。
geu.ga/do.neul/ga.jo*.gat.da

가져오다 ga.jo*.o.da
✏ 動 拿來、帶來

▸그가 돈을 가져왔다.
他拿錢來了。
geu.ga/do.neul/ga.jo*.wat.da

가족 ga.jok
✏ 名 家族、家庭成員

▸큰 가족.
大家族。
keun/ga.jok

가지 ga.ji
✏ 量 種、類

▶두 가지가 있다.
有兩種。
du/ga.ji.ga/it.da

가지다	ga.ji.da
動 拿、擁有	

▶자신을 가지다.
有信心。
ja.si.neul/ga.ji.da

각	gak
冠 各、每、各個	

▶각 지역.
各地區。
gak/ji.yo*k

간단하다	gan.dan.ha.da
形 簡單	

▶시험이 매우 간단하다.
考試非常簡單。
si.ho*.mi/me*.u/gan.dan.ha.da

간단히	gan.dan.hi
副 簡單地	

▶간단히 설명하다.
簡單地說明。
gan.dan.hi/so*l.myo*ng.ha.da

간식	gan.sik
名 零食	

track 012

➡아까 간식을 먹었다.
剛才吃了零食。
a.ga/gan.si.geul/mo*.go*t.da

간장 gan.jang
名 醬油

➡요리에 간장을 넣었다.
在料理內加醬油。
yo.ri.e/gan.jang.eul/no*.o*t.da

간호사 gan.ho.sa
名 護士

➡간호사가 되고 싶다.
想當護士。
gan.ho.sa.ga/dwe.go/sip.da

갈비 gal.bi
名 排骨

➡여기 갈비탕은 맛있다.
這裡的排骨湯很好吃。
yo*.gi/gal.bi.tang.eun/ma.sit.da

갈색 gal.sse*k
名 棕色、褐色

➡갈색 옷을 입었다.
穿了棕色的衣服。
gal.sse*k/o.seul/i.bo*t.da

갈아타다 ga.ra.ta.da
動 換乘、換車

013 track

➜갈아타는 곳이 어디예요?
換乘的地方在哪裡呢?
ga.ra.ta.neun/go.si/o*.di.ye.yo

감 gam
✏ 名 柿子

➜여기 단감을 팝니까?
這裡有賣甜柿子嗎?
yo*.gi/dan.ga.meul/pam.ni.ga

감기 gam.gi
✏ 名 感冒

➜저는 감기에 걸렸어요.
我得了感冒。
jo*.neun/gam.gi.e/go*l.lyo*.sso*.yo

감다 gam.da
✏ 動 閉上、合上

➜눈을 감아 주세요.
請將眼睛閉起來。
nu.neul/ga.ma/ju.se.yo

감동적 gam.dong.jo*k
✏ 名冠 感動、令人感動的

➜감동적인 장면.
令人感動的場面。
gam.dong.jo*.gin/jang.myo*n

감사하다 gam.sa.ha.da
✏ 動形 感謝

track 014

▶도와 주셔서 감사합니다.
謝謝您的幫忙。
do.wa/ju.syo*.so*/gam.sa.ham.ni.da

갑자기 gap.jja.gi
副 突然、忽然

▶컴퓨터가 갑자기 고장났어요.
電腦突然壞掉了。
ko*m.pyu.to*.ga/gap.jja.gi/go.jang.na.sso*.yo

값 gap
名 價錢、價格

▶쌀 값이 올랐다.
米價上漲了。
ssal/gap.ssi/ol.lat.da

강 gang
名 江、河

▶강을 건너다.
渡江。
gang.eul/go*n.no*.da

강아지 gang.a.ji
名 小狗

▶귀여운 강아지.
可愛的小狗。
gwi.yo*.un/gang.a.ji

갖다 gat.da
動 具有、具備

→재산을 갖고 있다.
擁有財產。
je*.sa.neul/gat.go/it.da

같다	gat.da
形 一樣、相同	

→모양이 같다.
模樣相同。
mo.yang.i/gat.da

같이	ga.chi
副 一起、一塊	

→같이 공부합시다.
一起念書吧。
ga.chi/gong.bu.hap.ssi.da

개	ge*
量 個	

→두 개 주세요.
請給我兩個。
du/ge*/ju.se.yo

개	ge*
名 狗	

→거기 개가 있다.
那裡有狗。
go*.gi/ge*.ga/it.da

개나리	ge*.na.ri
名 迎春花	

track 016

▸아름다운 개나리꽃.
美麗的迎春花。
a.reum.da.un/ge*.na.ri.got

개월 ge*.wol
✏ 名（接在漢字語數詞後）個月

▸이 개월이 지났다.
過了兩個月。
i/ge*.wo.ri/ji.nat.da

개인 ge*.in
✏ 名 個人

▸개인의 의견.
個人意見。
ge*.i.nui/ui.gyo*n

것 go*t
✏ 名 東西

▸그 가방은 내 것이다.
那包包是我的。
geu/ga.bang.eun/ne*/go*.si.da

거기 go*.gi
✏ 代 那裡

▸거기가 사무실이다.
那裡是辦公室。
go*.gi.ga/sa.mu.si.ri.da

거리 go*.ri
✏ 名 ①街道 ②距離

➜길거리.
街道。
gil.go*.ri

거실	go*.sil
✏ 名 客廳	

➜거실 공간은 넓다.
客廳空間很大。
go*.sil/gong.ga.neun/no*p.da

거울	go*.ul
✏ 名 鏡子	

➜거울을 보다.
照鏡子。
go*.u.reul/bo.da

거의	go*.ui
✏ 副 幾乎、快要	

➜거의 다 완성했다.
幾乎快完成了。
go*.ui/da/wan.so*ng.he*t.da

거짓말	go*.jin.mal
✏ 名 謊話	

➜거짓말을 하지 마세요.
請不要說謊。
go*.jin.ma.reul/ha.ji/ma.se.yo

걱정하다	go*k.jjo*ng.ha.da
✏ 動 擔心	

track 018

▶걱정할 필요가 없다.
不需要擔心。
go*k.jjo*ng.hal/pi.ryo.ga/o*p.da

건강하다 go*n.gang.ha.da
形 健康

▶부모님 건강하시죠?
父母親還健康吧?
bu.mo.nim/go*n.gang.ha.si.jyo

건너가다 go*n.no*.ga.da
動 越過

▶길을 건너가다.
過馬路。
gi.reul/go*n.no*.ga.da

건너다 go*n.no*.da
動 越、渡

▶다리를 건너다.
過橋。
da.ri.reul/go*n.no*.da

건너편 go*n.no*.pyo*n
名 對面

▶길 건너편.
馬路對面。
gil/go*n.no*.pyo*n

건물 go*n.mul
名 建築物

▸이 건물은 뭐예요?
這棟建築物是什麼?
i/go*n.mu.reun/mwo.ye.yo

걷다　go*t.da
動　走路、走

▸천천히 걸으세요.
請您慢慢地走。
cho*n.cho*n.hi/go*.reu.se.yo

걸다　go*l.da
動　掛、吊

▸옷을 옷걸이에 걸다.
把衣服掛在衣架上。
o.seul/ot.go*.ri.e/go*l.da

걸리다　go*l.li.da
動　花費（時間）

▸두 시간이 걸렸다.
花了兩小時。
du/si.ga.ni/go*l.lyo*t.da

걸어가다　go*.ro*.ga.da
動　走過去

▸회사에 걸어가다.
走去公司。
hwe.sa.e/go*.ro*.ga.da

검은색　go*.meun.se*k
名　黑色

track 020

➜이 색깔은 검은색이다.
這顏色是黑色。
i/se*k.ga.reun/go*.meun.se*.gi.da

게임	ge.im
名 遊戲	

➜컴퓨터 게임.
電腦遊戲。
ko*m.pyu.to*/ge.im

겨울	gyo*.ul
名 冬天	

➜겨울에는 눈이 온다.
冬天下雪。
gyo*.u.re.neun/nu.ni/on.da

결과	gyo*l.gwa
名 結果	

➜결과는 매우 성공적이다.
結果相當成功。
gyo*l.gwa.neun/me*.u/so*ng.gong.jo*.gi.da

결정하다	gyo*l.jo*ng.ha.da
動 決定	

➜약혼 날짜를 결정하다.
決定訂婚日期。
ya.kon/nal.jja.reul/gyo*l.jo*ng.ha.da

결혼식	gyo*l.hon.sik
名 結婚典禮	

➜결혼식이 언제예요?
結婚典禮是何時呢?
gyo*l.hon.si.gi/o*n.je.ye.yo

결혼하다	gyo*l.hon.ha.da
動 結婚	

➜두 사람이 결혼했다.
兩人結婚了。
du/sa.ra.mi/gyo*l.hon.he*t.da

경기	gyo*ng.gi
名 比賽、競賽	

➜운동 경기.
運動比賽。
un.dong/gyo*ng.gi

경찰	gyo*ng.chal
名 警察	

➜경찰이 도둑을 잡았다.
警察抓到了盜賊。
gyo*ng.cha.ri/do.du.geul/jja.bat.da

경치	gyo*ng.chi
名 風景、景色	

➜경치가 아주 아름다워요.
風景很美。
gyo*ng.chi.ga/a.ju/a.reum.da.wo.yo

경험	gyo*ng.ho*m
名 經驗、經歷	

track 022

➜경험을 쌓다.
累積經驗。
gyo*ng.ho*.meul/ssa.ta

계단　gye.dan
名　階段、階梯

➜계단을 내려가다.
下樓。
gye.da.neul/ne*.ryo*.ga.da

계란　gye.ran
名　雞蛋

➜계란찜.
蒸蛋。
gye.ran.jjim

계산하다　gye.san.ha.da
動　計算、結帳

➜비용을 계산하다.
計算費用。
bi.yong.eul/gye.san.ha.da

계속　gye.sok
副　持續、繼續

➜그가 계속 울고 있다.
他一直哭。
geu.ga/gye.sok/ul.go/it.da

계시다　gye.si.da
動　在、有(敬語)

➜김 사장님이 계세요?
請問金社長在嗎?
gim/sa.jang.ni.mi/gye.se.yo

계절 gye.jo*l
名 季節

➜사계절이 뚜렷하다.
四季分明。
sa.gye.jo*.ri/du.ryo*.ta.da

계획 gye.hwek
名 計畫、規劃

➜여행 계획.
旅行計畫。
yo*.he*ng/gye.hwek

고기 go.gi
名 肉

➜소고기.
牛肉。
so.go.gi

고등학교 go.deung.hak.gyo
名 高級中學

➜이 근처에 고등학교가 있어요.
這附近有高中。
i/geun.cho*.e/go.deung.hak.gyo.ga/i.sso*.yo

고르다 go.reu.da
動 挑選、選擇

track 024

➜둘 중에 하나 고르세요.
請從這兩個中挑一個。
dul/jung.e/ha.na/go.reu.se.yo

고맙다	go.map.da
形 感謝、感激	

➜너무 고마워요.
太感謝了。
no*.mu/go.ma.wo.yo

고모	go.mo
名 姑姑、姑媽	

➜그 분이 내 고모다.
那位是我姑媽。
geu/bu.ni/ne*/go.mo.da

고속버스	go.sok.bo*.seu
名 高速巴士、客運	

➜고속버스는 어디에서 타죠?
高速巴士要在哪裡搭呢?
go.sok.bo*.seu.neun/o*.di.e.so*/ta.jyo

고양이	go.yang.i
名 貓	

➜고양이를 키우다.
飼養貓咪。
go.yang.i.reul/ki.u.da

고장	go.jang
名 故障、壞掉	

025 track

▶냉장고가 고장이 났다.
冰箱壞掉了。
ne*ng.jang.go.ga/go.jang.i/nat.da

고추 go.chu
名 辣椒

▶고추장.
辣椒醬
go.chu.jang

고치다 go.chi.da
動 改正、修理

▶나쁜 습관을 고치다.
改正不好的習慣。
na.beun/seup.gwa.neul/go.chi.da

고프다 go.peu.da
形 飢餓、餓

▶배가 고프다.
肚子餓。
be*.ga/go.peu.da

고향 go.hyang
名 故鄉、家鄉

▶내 고향은 아주 멀다.
我的故鄉很遠。
ne*/go.hyang.eun/a.ju/mo*l.da

곧 got
副 馬上、立刻

track 026

➔곧 출발합니다.
馬上出發。
got/chul.bal.ham.ni.da

골목 gol.mok
名 巷子

➔골목 안에 편의점이 있다.
巷子裡有便利商店。
gol.mok/a.ne/pyo*.nui.jo*.mi/it.da

골프 gol.peu
名 高爾夫球

➔골프를 칠 줄 아세요?
您會打高爾夫球嗎?
gol.peu.reul/chil/jul/a.se.yo

곱다 gop.da
形 美、漂亮

➔고운 얼굴.
漂亮的臉蛋。
go.un/o*l.gul

곳 got
名 場所、地方

➔옷을 파는 곳.
賣衣服的地方。
o.seul/pa.neun/got

공 gong
名 球

027 track

▶야구공.
棒球。
ya.gu.gong

공간 gong.gan
✏ 名 空間

▶생활 공간.
生活空間。
se*ng.hwal/gong.gan

공기 gong.gi
✏ 名 空氣

▶맑은 공기.
新鮮的空氣。
mal.geun/gong.gi

공무원 gong.mu.won
✏ 名 公務員

▶공무원이 되고 싶다.
想成爲公務員。
gong.mu.wo.ni/dwe.go/sip.da

공부하다 gong.bu.ha.da
✏ 動 讀書學習

▶한국어를 공부할까요?
我們念韓語好嗎?
han.gu.go*.reul/gong.bu.hal.ga.yo

공연 gong.yo*n
✏ 名 公演

track 028

➜해외 공연.
海外公演。
he*.we/gong.yo*n

공원 gong.won
名 公園

➜공원에서 운동하다.
在公園運動。
gong.wo.ne.so*/un.dong.ha.da

공중전화 gong.jung.jo*n.hwa
名 公共電話

➜공중전화 카드.
公共電話卡。
gong.jung.jo*n.hwa/ka.deu

공짜 gong.jja
名 免費

➜이것은 공짜입니까?
這是免費的嗎?
i.go*.seun/gong.jja.im.ni.ga

공책 gong.che*k
名 筆記本

➜이 공책은 누구 거예요?
這本筆記本是誰的?
i/gong.che*.geun/nu.gu/go*.ye.yo

공항 gong.hang
名 機場

029 track

▶국제 공항.
國際機場。
guk.jje/gong.hang

공휴일 gong.hyu.il
名 公休日

▶공휴일은 언제예요?
公休日是何時?
gong.hyu.i.reun/o*n.je.ye.yo

과 gwa
名 科、課

▶재무과.
財務科。
je*.mu.gwa

과거 gwa.go*
名 過去、昔日

▶과거를 돌아보다.
回顧過去。
gwa.go*.reul/do.ra.bo.da

과일 gwa.il
名 水果

▶과일 가게.
水果店。
gwa.il/ga.ge

과자 gwa.ja
名 點心、餅乾

track 030

➡과자를 먹다.
吃餅乾。
gwa.ja.reul/mo*k.da

과학	gwa.hak
名 科學	

➡과학가.
科學家。
gwa.hak.ga

관계	gwan.gye
名 關係	

➡인간관계.
人際關係。
in.gan.gwan.gye

관광	gwan.gwang
名 觀光	

➡관광객.
觀光客。
gwan.gwang.ge*k

관심	gwan.sim
名 關心、關注	

➡관심이 있다.
感興趣。
gwan.si.mi/it.da

광고	gwang.go
名 廣告、宣傳	

 031 track

➜이 광고는 참 재미있다.
這廣告很有趣。
i/gwang.go.neun/cham/je*.mi.it.da

괜찮다	gwe*n.chan.ta
✏形　不錯、沒關係	

➜이 품질은 괜찮네요.
這品質還不錯。
i.pum.ji.reun/gwe*n.chan.ne.yo

교과서	gyo.gwa.so*
✏名　教科書	

➜영어 교과서.
英語教科書。
yo*ng.o*/gyo.gwa.so*

교수	gyo.su
✏名　教授	

➜그 분이 교수님이시다.
那位是教授。
geu/bu.ni/gyo.su.ni.mi.si.da

교실	gyo.sil
✏名　教室	

➜교실이 어디에 있어요?
教室在哪裡?
gyo.si.ri/o*.di.e/i.sso*.yo

교통	gyo.tong
✏名　交通	

 track 032

▶교통비.
交通費。
gyo.tong.bi

교통사고	gyo.tong.sa.go
✏ 名 交通事故	

▶교통사고가 일어났다.
發生車禍了。
gyo.tong.sa.go.ga/i.ro*.nat.da

교회	gyo.hwe
✏ 名 教會	

▶주말마다 교회에 간다.
每個週末都去教會。
ju.mal.ma.da/gyo.hwe.e/gan.da

구경하다	gu.gyo*ng.ha.da
✏ 動 參觀	

▶구경할 만한 곳이 있어요?
有值得參觀的地方嗎?
gu.gyo*ng.hal/man.han/go.si/i.sso*.yo

구두	gu.du
✏ 名 皮鞋	

▶구두를 신다.
穿皮鞋。
gu.du.reul/ssin.da

구름	gu.reum
✏ 名 雲	

033 track

→흰 구름이 하늘에 떠 있다.
白雲飄浮在天空中。
hin/gu.reu.mi/ha.neu.re/do*/it.da

구하다 gu.ha.da
動 求得、尋求

→약을 구하러 약국에 갔다.
去藥局取藥。
ya.geul/gu.ha.ro*/yak.gu.ge/gat.da

국 guk
名 湯、湯汁

→미역국.
海帶湯。
mi.yo*k.guk

국내 gung.ne*
名 國內

→국내공항.
國內機場。
gung.ne*.gong.hang

국립 gung.nip
名 國立

→국립중앙박물관.
國立中央博物館。
gung.nip.jjung.ang.bang.mul.gwan

국수 guk.ssu
名 麵

track 034

➜칼국수.
刀切麵。
kal.guk.ssu

국적	guk.jjo*k
名 國籍	

➜당신의 국적이 어디입니까?
您的國籍在哪?
dang.si.nui/guk.jjo*.gi/o*.di.im.ni.ga

국제	guk.jje
名 國際	

➜국제 뉴스.
國際新聞。
guk.jje.nyu.seu

군인	gu.nin
名 軍人	

➜그는 군인이었다.
他以前是軍人。
geu.neun/gu.ni.ni.o*t.da

굽다	gup.da
動 烤	

➜고기를 굽다.
烤肉。
go.gi.reul/gup.da

권	gwon
量 本、冊	

035 track

➜책 두 권 주세요.
請給我兩本書。
che*k/du/gwon/ju.se.yo

귀	gwi
名 耳朵	

➜귀걸이.
耳環。
gwi.go*.ri

귀엽다	gwi.yo*p.da
形 可愛	

➜귀여운 고양이.
可愛的貓。
gwi.yo*.un/go.yang.i

규칙	gyu.chik
名 規則、守則	

➜교통 규칙.
交通規則。
gyo.tong/gyu.chik

귤	gyul
名 橘子	

➜귤 한 근에 얼마예요?
橘子一斤多少錢?
gyul/han/geu.ne/o*l.ma.ye.yo

그	geu
冠代 那	

track 036

▶그 사람.
那個人。
geu/sa.ram

그날 geu.nal
名 那天

▶그날에 친구를 만났다.
那天遇見了朋友。
geu.na.re/chin.gu.reul/man.nat.da

그냥 geu.nyang
副 就那樣、只是

▶그냥 내버려 둬요.
就那樣放著不管。
geu.nyang/ne*.bo*.ryo*/dwo.yo

그동안 geu.dong.an
名 那段期間、近來

▶그동안 잘 지냈어요?
近來過得好嗎?
geu.dong.an/jal/jji.ne*.sso*.yo

그때 geu.de*
名 那時

▶그때는 많이 놀랐다.
那時相當驚訝。
geu.de*.neun/ma.ni/nol.lat.da

그래 geu.re*
嘆 是阿、是嗎？

➜그래, 그렇게 하면 돼.
沒錯，那樣做就可以了。
geu.re*//geu.ro*.ke/ha.myo*n/dwe*

그래서 geu.re*.so*
副 所以、因此

➜아침 늦게 일어났어요. 그래서 지각했어요.
早上睡太晚了，所以遲到了。
a.chim/neut.ge/i.ro*.na.sso*.yo//geu.re*.so*/ji.ga.ke*.sso*.yo

그램 geu.re*m
名 克

➜고기 6백 그램을 샀다.
買了六百克的肉。
go.gi/yuk.be*k/geu.re*.meul/ssat.da

그러나 geu.ro*.na
副 可是、然而

➜음식이 맛있다. 그러나 좀 짜다.
食物很好吃，可是有點鹹。
eum.si.gi/ma.sit.da//geu.ro*.na/jom/jja.da

그러니까 geu.ro*.ni.ga
副 因此

➜그러니까 이 일에 간섭하지 마세요.
因此，請不要干涉這件事。
geu.ro*.ni.ga/i.i.re/gan.so*.pa.ji/ma.se.yo

그러면 geu.ro*.myo*n
副 那麼、那樣的話

track 038

▶그러면 우리 놀러 가자!
那麼我們去玩吧！
geu.ro*.myo*n/u.ri/nol.lo*/ga.ja

그런 geu.ro*n
冠 那樣、那種

▶그런 일.
那種事。
geu.ro*n/il

그런데 geu.ro*n.de
副 可是、然而

▶그런데 가격이 좀 비싸다.
可是價格有點貴。
geu.ro*n.de/ga.gyo*.gi/jom/bi.ssa.da

그럼 geu.ro*m
副 那麼、那就

▶그럼 우리 이렇게 하자.
那麼我們就這麼辦吧！
geu.ro*m/u.ri/i.ro*.ke/ha.ja

그렇다 geu.ro*.ta
形 那樣

▶어제 비가 내렸다. 오늘도 그렇다.
昨天下雨，今天也是那樣。
o*.je/bi.ga/ne*.ryo*t.da//o.neul.do/geu.ro*.ta

그렇지만 geu.ro*.chi.man
副 可是、雖然如此

▶돈이 없다. 그렇지만 행복하다.
沒有錢，可是很幸福。
do.ni/o*p.da//geu.ro*.chi.man/he*ng.bo.ka.da

그릇 geu.reut
名 器皿

▶그릇이 깨졌다.
器皿碎了。
geu.reu.si/ge*.jo*t.da

그리고 geu.ri.go
副 而且、還有

▶사과, 수박 그리고 귤.
蘋果、西瓜還有橘子。
sa.gwa/su.bak/geu.ri.go/gyul

그리다 geu.ri.da
動 畫、繪

▶그림을 그리다.
畫畫。
geu.ri.meul/geu.ri.da

그림 geu.rim
名 圖畫、繪畫

▶그림책.
畫冊。
geu.rim.che*k

그만 geu.man
副 到此為止

track 040

→그만 하고 좀 쉬어라.
別做了，休息一下吧！
geu.man/ha.go/jom/swi.o*.ra

그저께　geu.jo*.ge
名　前天

→그저께는 내 생일이었다.
前天是我的生日。
geu.jo*.ge.neun/ne*/se*ng.i.ri.o*t.da

그쪽　geu.jjok
代　那邊、那方向

→그쪽에 있는 책을 주세요.
請給我放在那裡的書。
geu.jjo.ge/in.neun/che*.geul/jju.se.yo

그치다　geu.chi.da
動　停止

→비가 그쳤어요.
雨停了。
bi.ga/geu.cho*.sso*.yo

극장　geuk.jjang
名　劇場、戲院

→같이 극장에 가자.
一起去戲院吧！
ga.chi/geuk.jjang.e/ga.ja

근처　geun.cho*
名　附近

▸근처에 지하철 역이 있어요?
附近有地鐵站嗎?
geun.cho*.e/ji.ha.cho*.ryo*.gi/i.sso*.yo

글	geul
名 文字、文章	

▸한글.
韓文字。
han.geul

금방	geum.bang
副 ①剛剛才 ②馬上、立刻	

▸금방 갈게요.
我馬上就去。
geum.bang/gal.ge.yo

금연	geu.myo*n
名 禁菸	

▸금연석.
禁菸席。
geu.myo*n.so*k

금요일	geu.myo.il
名 星期五	

▸내일은 금요일이다.
明天是星期五。
ne*.i.reun/geu.myo.i.ri.da

급하다	geu.pa.da
形 緊急、急切	

track 042

▶갑자기 급한 일이 생겼다.
突然有急事。
gap.jja.gi/geu.pan/i.ri/se*ng.gyo*t.da

기간 gi.gan
名 期間

▶출장 기간.
出差期間。
chul.jang/gi.gan

기다리다 gi.da.ri.da
動 等待、等候

▶손님을 기다리다.
等待客人。
son.ni.meul/gi.da.ri.da

기르다 gi.reu.da
動 養育、飼養

▶두 아이를 기르다.
養兩個小孩。
du/a.i.reul/gi.reu.da

기름 gi.reum
名 油、脂肪

▶기름이 많은 고기.
多脂肪的肉。
gi.reu.mi/ma.neun/go.gi

기분 gi.bun
名 心情、氣氛

043 track

➜기분이 안 좋다.
心情不好。
gi.bu.ni/an/jo.ta

기뻐하다	gi.bo*.ha.da
動 高興	

➜그 아이가 너무 기뻐하다.
那孩子很高興。
geu/a.i.ga/no*.mu/gi.bo*.ha.da

기쁘다	gi.beu.da
形 高興、欣喜	

➜너를 알게 되어 너무 기쁘다.
很高興認識你。
no*.reul/al.ge/dwe.o*/no*.mu/gi.beu.da

기사	gi.sa
名 司機、技士	

➜운전기사.
司機、駕駛員。
un.jo*n.gi.sa

기사	gi.sa
名 記載、紀錄	

➜신문 기사를 봤어요?
你看過報紙的報導了嗎?
sin.mun/gi.sa.reul/bwa.sso*.yo

기숙사	gi.suk.ssa
名 宿舍	

track 044

▶저기는 기숙사입니다.
那邊是宿舍。
jo*.gi.neun/gi.suk.ssa.im.ni.da

기억나다 gi.o*.na.da
動 想起來

▶옛날 일이 기억났어요.
想起以前的事情了。
yen.nal/i.ri/gi.o*ng.na.sso*.yo

기온 gi.on
名 氣溫

▶지금 기온은 30도이다.
現在的氣溫是30度。
ji.geum/gi.o.neun/sam.sip.do.i.da

기자 gi.ja
名 記者

▶기자 회견.
記者會。
gi.ja/hwe.gyo*n

기차 gi.cha
名 火車

▶기차역.
火車站。
gi.cha.yo*k

기침 gi.chim
名 咳嗽

045 track

➜열도 있고 기침도 나요.
又發燒又咳嗽。
yo*l.do/it.go/gi.chim.do/na.yo

기타 gi.ta
名 吉他

➜저는 기타를 칠 줄 알아요.
我會彈吉他。
jo*.neun/gi.ta.reul/chil/jul/a.ra.yo

긴장되다 gin.jang.dwe.da
動 緊張

➜갑자기 긴장되기 시작했다.
突然緊張起來。
gap.jja.gi/gin.jang.dwe.gi/si.ja.ke*t.da

길 gil
名 路

➜길이 미끄럽다.
路滑。
gi.ri/mi.geu.ro*p.da

길다 gil.da
形 長

➜그녀의 머리가 길다.
她的頭髮很長。
geu.nyo*.ui/mo*.ri.ga/gil.da

김밥 gim.bap
名 紫菜飯捲

track 046

►김밥을 먹었어요?
你吃紫菜飯捲了嗎?
gim.ba.beul/mo*.go*.sso*.yo

김치 gim.chi
✏ 名 泡菜

►김치볶음밥.
泡菜炒飯。
gim.chi.bo.geum.bap

까만색 ga.man.se*k
✏ 名 黑色

►이것은 까만색이 없나요?
這沒有黑色的嗎?
i.go*.seun/ga.man.se*.gi/o*m.na.yo

까맣다 ga.ma.ta
✏ 形 黑漆漆、黑

►하늘이 아주 까맣다.
天空很黑。
ha.neu.ri/a.ju/ga.ma.ta

깎다 gak.da
✏ 動 削、減價

►좀 깎아 주세요.
請算便宜一點。
jom/ga.ga/ju.se.yo

깜짝 gam.jjak
✏ 副 吃驚、嚇一跳

▶깜짝 놀라다.
嚇一跳。
gam.jjak/nol.la.da

깨끗하다 ge*.geu.ta.da
形 乾淨

▶이 방은 언제나 깨끗해요.
這個房間總是很乾淨。
i.bang.eun/o*n.je.na/ge*.geu.te*.yo

깨다 ge*.da
動 打破、破壞

▶실수로 유리를 깨었다.
不小心把玻璃打破了。
sil.su.ro/yu.ri.reul/ge*.o*t.da

깨지다 ge*.ji.da
動 破碎、破滅

▶창문이 깨졌어요.
窗戶破了。
chang.mu.ni/ge*.jo*.sso*.yo

꺼내다 go*.ne*.da
動 掏、拿出

▶지갑에서 돈을 꺼냈다.
從皮夾中掏出錢。
ji.ga.be.so*/do.neul/go*.ne*t.da

꼭 gok
副 一定、必定

track 048

➔꼭 약속을 지켜야 돼요.
一定要遵守約定。
gok/yak.sso.geul/jji.kyo*.ya/dwe*.yo

꽃	got
名 花	

➔장미 꽃다발.
玫瑰花束。
jang.mi/got.da.bal

꾸다	gu.da
動 做夢	

➔나쁜 꿈을 꾸었다.
夢到不好的夢。
na.beun/gu.meul/gu.o*t.da

꿈	gum
名 夢、夢想	

➔꿈이 뭐예요?
你的夢想是什麼?
gu.mi/mwo.ye.yo

끄다	geu.da
動 熄滅、關上	

➔불을 꺼 주세요.
請關燈。
bu.reul/go*/ju.se.yo

끓이다	geu.ri.da
動 燒開、煮	

➜물을 끓이다.
燒水。
mu.reul/geu.ri.da

끝 geut
名 末、最後

➜고통은 끝이 없다.
無盡的痛苦。
go.tong.eun/geu.chi/o*p.da

끝나다 geun.na.da
動 結束

➜수업이 끝나다.
下課。
su.o*.bi/geun.na.da

끝내다 geun.ne*.da
動 結束、完成

➜빨리 일을 끝내고 싶다.
想快點結束工作。
bal.li/i.reul/geun.ne*.go/sip.da

끼다 gi.da
動 籠罩、瀰漫

➜안개가 낀 아침.
瀰漫霧氣的早晨。
an.ge*.ga/gin/a.chim

끼다 gi.da
動 插、夾

track 050

➡반지를 끼다.
戴戒指。
ban.ji.reul/gi.da

051 track

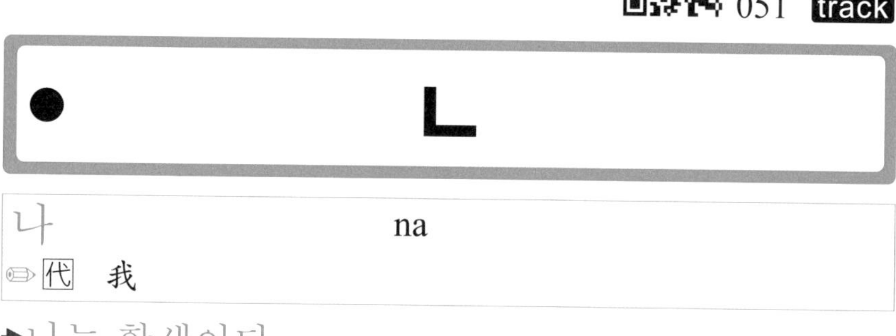

나 na
代 我

→나는 학생이다.
我是學生。
na.neun/hak.sse*ng.i.da

나가다 na.ga.da
動 出去

→밖에 나가다.
出去外面。
ba.ge/na.ga.da

나누다 na.nu.da
動 分、分享

→음식을 나누다.
分享食物。
eum.si.geul/na.nu.da

나다 na.da
動 出現、發生

→열이 나다.
發燒。
yo*.ri/na.da

나라 na.ra
名 國家

track 052

➜우리 나라.
我國。
u.ri.na.ra

나무 na.mu
✏名 樹木

➜나무배.
木船。
na.mu.be*

나빠지다 na.ba.ji.da
✏動 變壞、變差

➜건강이 나빠지다.
健康變差。
go*n.gang.i/na.ba.ji.da

나쁘다 na.beu.da
✏形 壞、不好

➜시험 성적이 나쁘다.
考試成績不好。
si.ho*m/so*ng.jo*.gi/na.beu.da

나오다 na.o.da
✏動 出來、出現

➜피가 나오다.
出血。
pi.ga/na.o.da

나이 na.i
✏名 年紀、年齡

053 track

▶젊은 나이.
年紀輕。
jo*l.meun/na.i

나중 na.jung
名 以後、後來

▶나중에 만나서 얘기하자.
以後見面再談。
na.jung.e/man.na.so*/ye*.gi.ha.ja

나타나다 na.ta.na.da
動 出現

▶귀신이 나타났다.
鬼出現了。
gwi.si.ni/na.ta.nat.da

나흘 na.heul
名 四天

▶나흘 동안에 공부만 했다.
四天都在讀書。
na.heul.dong.a.ne/gong.bu.man/he*t.da

낚시 nak.ssi
名 釣魚

▶낚시꾼.
釣魚人。
nak.ssi.gun

날 nal
名 天、日子

track 054

➜오늘 같은 날.
像今天這樣的日子。
o.neul/ga.teun/nal

날씨	nal.ssi
名 天氣	

➜오늘은 날씨가 좋다.
今天天氣很好。
o.neu.reun/nal.ssi.ga/jo.ta

날짜	nal.jja
名 日期、日子	

➜시험 날짜.
考試日期。
si.ho*m/nal.jja

남기다	nam.gi.da
動 留下、保留	

➜그는 돈을 남기고 갔다.
他留下錢就走了。
geu.neun/do.neul/nam.gi.go/gat.da

남녀	nam.nyo*
名 男女	

➜남녀 유별.
男女有別。
nam.nyo*/yu.byo*l

남동생	nam.dong.se*ng
名 弟弟	

➜남동생과 함께 여행을 갔어요.
和弟弟一起去旅行了。
nam.dong.se*ng.gwa/ham.ge/yo*.he*ng.eul/ga.sso*.yo

남자	nam.ja
✏ 名 男子、男人	

➜저 남자는 누구죠?
那男子是誰?
jo*/nam.ja.neun/nu.gu.jyo

남쪽	nam.jjok
✏ 名 南邊、南方	

➜남쪽에 있는 나라.
位於南方的國家。
nam.jjo.ge/in.neun/na.ra

남편	nam.pyo*n
✏ 名 丈夫	

➜내 남편은 외교관이다.
我丈夫是外交官。
ne*/nam.pyo*.neun/we.gyo.gwa.ni.da

남학생	nam.hak.sse*ng
✏ 名 男學生、男同學	

➜그 남학생은 머리가 좋다.
那位男同學的頭腦很好。
geu/nam.hak.sse*ng.eun/mo*.ri.ga/jo.ta

낮	nat
✏ 名 白天	

track 056

➜낮잠을 자다.
睡午覺。
nat.jja.meul/jja.da

낮다	nat.da
形 低、矮	

➜오늘의 기온은 아주 낮다.
今天的氣溫很低。
o.neu.rui/gi.o.neun/a.ju/nat.da

내과	ne*.gwa
名 內科	

➜내과 의사.
內科醫生。
ne*.gwa/ui.sa

내년	ne*.nyo*n
名 明年	

➜내년에 일본에 갈 예정이다.
預計明年要去日本。
ne*.nyo*.ne/il.bo.ne/gal/ye.jo*ng.i.da

내다	ne*.da
動 拿出、抽空	

➜길을 내다.
開路。
gi.reul/ne*.da

내려가다	ne*.ryo*.ga.da
動 下去、下降	

➜값이 내려가다.
價格下降。
gap.ssi/ne*.ryo*.ga.da

내려오다　ne*.ryo*.o.da
✏動　傳下去、下來

➜그가 계단에서 내려왔다.
他從樓梯走下來了。
geu.ga/gye.da.ne.so*/ne*.ryo*.wat.da

내리다　ne*.ri.da
✏動　①落下　②下車

➜비가 내리다.
下雨。
bi.ga/ne*.ri.da

내용　ne*.yong
✏名　內容

➜내용이 어렵지 않다.
內容不難。
ne*.yong.i/o*.ryo*p.jji/an.ta

내일　ne*.il
✏名　明天

➜내일 만나자.
明天見吧！
ne*.il/man.na.ja

냄비　ne*m.bi
✏名　鍋子、湯鍋

track 058

➡냄비에 라면을 끓였다.
用鍋子煮泡麵。
ne*m.bi.e/ra.myo*.neul/geu.ryo*t.da

냄새 ne*m.se*
名 味道

➡이게 무슨 냄새지?
這是什麼味道?
i.ge/mu.seun/ne*m.se*.ji

냉면 ne*ng.myo*n
名 冷麵

➡비빔냉면.
拌冷麵。
bi.bim.ne*ng.myo*n

냉장고 ne*ng.jang.go
名 冰箱

➡음식을 냉장고에 넣어 두다.
將食物放入冰箱。
eum.si.geul/ne*ng.jang.go.e/no*.o*/du.da

너 no*
代 你

➡너는 몇 살이니?
你幾歲?
no*.neun/myo*t/sa.ri.ni

너무 no*.mu
副 太、非常

➡너무 맛있다.
太好吃。
no*.mu/ma.sit.da

넓다 no*l.da
✏ 形 寬、廣闊

➡면적이 넓다.
面積廣大。
myo*n.jo*.gi/no*l.da

넘다 no*m.da
✏ 動 超過

➡학생수가 천 명이 넘었다.
學生人數超過一千人。
hak.sse*ng.su.ga/cho*n/myo*ng.i/no*.mo*t.da

넘어지다 no*.mo*.ji.da
✏ 動 摔倒、跌倒

➡어제 길에서 넘어졌다.
昨天在路上跌倒了。
o*.je/gi.re.so*/no*.mo*.jo*t.da

넣다 no*.ta
✏ 動 裝入、裝進

➡편지를 우체통에 넣다.
將信件投入郵筒。
pyo*n.ji.reul/u.che.tong.e/no*.ta

네 ne
✏ 嘆 是的、對

track 060

▶네, 맞아요.
是的，沒錯。
ne//ma.ja.yo

네	ne
✏冠　四、四個（後面接量詞）	

▶모두 네 명이에요.
總共四位。
mo.du/ne/myo*ng.i.e.yo

넥타이	nek.ta.i
✏名　領帶	

▶넥타이를 매다.
繫領帶。
nek.ta.i.reul/me*.da

넷	net
✏數　四	

▶우리 넷이 바다에 놀러 갔다.
我們四個去海邊玩了。
u.ri/ne.si/ba.da.e/nol.lo*/gat.da

넷째	net.jje*
✏冠　第四	

▶저는 넷째 딸이에요.
我是第四個女兒。
jo*.neun/net.jje*/da.ri.e.yo

년	nyo*n
✏名　年	

061 track

➡**2020 년 7 월 1 일.**
2020年7月1日。
i.cho*.ni.sim.nyo*n/chi.rwol/i.ril

노란색　no.ran.se*k
✏ 名　黃色

➡노란색 부리의 새.
有黃色喙的鳥。
no.ran.se*k/bu.ri.ui/se*

노랗다　no.ra.ta
✏ 形　黃

➡꽃이 노랗게 피었다.
花開得黃黃的。
go.chi/no.ra.ke/pi.o*t.da

노래　no.re*
✏ 名　歌

➡노래를 부르다.
唱歌。
no.re*.reul/bu.reu.da

노래방　no.re*.bang
✏ 名　KTV、練歌房

➡노래방에서 노래를 해요.
在練歌房唱歌。
no.re*.bang.e.so*/no.re*.reul/he*.yo

노력하다　no.ryo*.ka.da
✏ 動　努力

track 062

➜함께 노력하자.
一起努力吧！
ham.ge/no.ryo*.ka.ja

노트 no.teu
✏名 筆記本、筆記

➜강의 노트.
上課筆記。
gang.ui/no.teu

녹색 nok.sse*k
✏名 綠色

➜잎은 녹색이다.
葉子是綠色。
i.peun/nok.sse*.gi.da

녹차 nok.cha
✏名 綠茶

➜녹차 한 잔 주세요.
請給我一杯綠茶。
nok.cha/han.jan/ju.se.yo

놀다 nol.da
✏動 玩、遊玩

➜롯데월드에 가서 놀았다.
去樂天世界玩。
rot.de.wol.deu.e/ga.so*/no.rat.da

놀라다 nol.la.da
✏動 吃驚、驚訝

 063 track

➜너무 놀라지 마라.
不要太驚訝。
no*.mu/nol.la.ji/ma.ra

농구	nong.gu
✏ 名 籃球	

➜농구공.
籃球。
nong.gu.gong

높다	nop.da
✏ 形 高	

➜높은 산.
高山。
no.peun/san

놓다	no.ta
✏ 動 擺放、放置	

➜책을 책장에 놓다.
將書放在書櫃。
che*.geul/che*k.jjang.e/no.ta

누구	nu.gu
✏ 代 誰	

➜누구시죠?
是哪位?
nu.gu.si.jyo

누나	nu.na
✏ 名 姊姊（弟稱姊）	

track 064

➜제가 그 사람의 누나입니다.
我是那個人的姊姊。
je.ga/geu/sa.ra.mui/nu.na.im.ni.da

누르다	nu.reu.na
動 按、壓	

➜상처를 누르다.
按壓傷口。
sang.cho*.reul/nu.reu.da

눈	nun
名 眼睛、目光	

➜눈을 크게 뜨다.
將眼睛睜大。
nu.neul/keu.ge/deu.da

눈	nun
名 雪	

➜눈이 오다.
下雪。
nu.ni/o.da

눈물	nun.mul
名 眼淚	

➜눈물을 흘리다.
流眼淚。
nun.mu.reul/heul.li.da

눈사람	nun.sa.ram
名 雪人	

065 track

➡눈사람을 만들다.
製作雪人。
nun.sa.ra.meul/man.deul.da

눈싸움	nun.ssa.um
✏ 名 雪仗	

➡눈싸움 놀이.
打雪仗遊戲。
nun.ssa.um/no.ri

눕다	nup.da
✏ 動 躺、臥病在床	

➡침대에 눕다.
躺在床上。
chim.de*.e/nup.da

뉴스	nyu.seu
✏ 名 新聞	

➡아침 뉴스.
早晨新聞。
a.chim/nyu.seu

뉴욕	nyu.yok
✏ 地 紐約	

➡뉴욕 타임스.
紐約時報。
nyu.yok/ta.im.seu

느끼다	neu.gi.da
✏ 動 感覺	

track 066

→아픔을 느끼다.
感覺到痛。
a.peu.meul/neu.gi.da

느낌 neu.gim
名 感覺

→느낌이 어때요?
感覺如何?
neu.gi.mi/o*.de*.yo

느리다 neu.ri.da
形 緩慢、遲緩

→느린 속도로 운전하다.
以緩慢的速度開車。
neu.rin/sok.do.ro/un.jo*n.ha.da

늘 neul
副 總是、經常

→늘 행복하다.
總是很幸福。
neul/he*ng.bo.ka.da

늘다 neul.da
動 提高、增長

→실력이 많이 늘었다.
實力增長很多。
sil.lyo*.gi/ma.ni/neu.ro*t.da

능력 neung.nyo*k
名 能力

➜능력이 있는 사람.
有能力的人。
neung.nyo*.gi/in.neun/sa.ram

늦다	neut.da
✏ 形動 晚、遲	

➜너무 늦었다.
太遲了。
no*.mu/neu.jo*t.da

님	nim
✏ 接 尊稱	

➜선생님.
老師。
so*n.se*ng.nim

track 068

● ㄷ

다	da
副 都、全部	

➡다 가져 가도 될까요?
可以全部拿走嗎?
da/ga.jo*/ga.do/dwel.ga.yo

다녀오다	da.nyo*.o.da
動 去一趟回來	

➡저 다녀왔어요.
我回來了。
jo*/da.nyo*.wa.sso*.yo

다니다	da.ni.da
動 來來往往、往返、上（學）	

➡학교에 다니다.
上學。
hak.gyo.e/da.ni.da

다르다	da.reu.da
形 不同、不一樣	

➡완전 다르다.
完全不一樣。
wan.jo*n/da.reu.da

다른	da.reun
冠 別的	

069 track

➜다른 종류는 없어요?
沒有別的種類嗎?
da.reun/jong.nyu.neun/o*p.sso*.yo

다리 da.ri
✏ 名 腿

➜다리를 다쳤어요.
腿受傷了。
da.ri.reul/da.cho*.sso*.yo

다리 da.ri
✏ 名 橋樑

➜다리를 건너다.
過橋。
da.ri.reul/go*n.no*.da

다섯 da.so*t
✏ 數 五

➜사과 다섯 개.
五個蘋果。
sa.gwa/da.so*t/ge*

다시 da.si
✏ 副 又、再次

➜다시 한국에 가고 싶어요.
我想再次前往韓國。
da.si/han.gu.ge/ga.go/si.po*.yo

다음 da.eum
✏ 名 ①下次 ②下一個

track 070

➜다음에 만나자.
下次見吧！
da.eu.me/man.na.ja

다이어트　da.i.o*.teu
✏ 名　減肥

➜다이어트약.
減肥藥。
da.i.o*.teu.yak

다치다　da.chi.da
✏ 動　受傷

➜다친 곳 없어요?
有哪裡受傷嗎?
da.chin/got/o*p.sso*.yo

닦다　dak.da
✏ 動　擦、刷（牙）

➜손수건으로 눈물을 닦다.
用手帕擦眼淚。
son.su.go*.neu.ro/nun.mu.reul/dak.da

단어　da.no*
✏ 名　單詞

➜영어 단어를 외우다.
背英文單字。
yo*ng.o*/da.no*.reul/we.u.da

단점　dan.jo*m
✏ 名　短處、缺點

➜단점을 고치다.
改正缺點。
dan.jo*.meul/go.chi.da

닫다	dat.da
✏動 關、閉	

➜문을 닫다.
關門。
mu.neul/dat.da

닫히다	da.chi.da
✏動 被關上	

➜닫혀 있는 문.
關著的門。
da.tyo*/in.neun/mun

달	dal
✏名 個月（接在韓語固有數詞之後）	

➜한 달이 지났다.
過了一個月。
han/da.ri/ji.nat.da

달	dal
✏名 月亮	

➜밝은 달.
明月。
bal.geun/dal

달다	dal.da
✏形 甜	

track 072

➜사탕이 달다.
糖果甜。
sa.tang.i/dal.da

달러 dal.lo*
✏ 名 美元、美金

➜달러로 지불하다.
用美金支付。
dal.lo*.ro/ji.bul.ha.da

달력 dal.lyo*k
✏ 名 月曆

➜달력을 보다.
看月曆。
dal.lyo*.geul/bo.da

달리다 dal.li.da
✏ 動 疾駛、奔馳

➜기차가 빠른 속도로 달린다.
火車急速奔馳。
gi.cha.ga/ba.reun/sok.do.ro/dal.lin.da

닭 dak
✏ 名 雞

➜닭이 울다.
雞叫。
dal.gi/ul.da

닭고기 dak.go.gi
✏ 名 雞肉

➡저는 닭고기를 안 먹어요.
我不吃雞肉。
jo*.neun/dak.go.gi.reul/an/mo*.go*.yo

닮다 dam.da
✏ 動 像、相似

➡그녀는 어머니를 닮았다.
她像媽媽。
geu.nyo*.neun/o*.mo*.ni.reul/dal.mat.da

담그다 dam.geu.da
✏ 動 浸、醃、釀

➡간장을 담그다.
釀醬油。
gan.jang.eul/dam.geu.da

담배 dam.be*
✏ 名 香菸

➡담배 한 갑.
一盒香菸。
dam.be*/han/gap

답장 dap.jjang
✏ 名 回信、回覆

➡답장을 기다리다.
等待回信。
dap.jjang.eul/gi.da.ri.da

당근 dang.geun
✏ 名 胡蘿蔔

track 074

►당근으로 요리를 만들다.
用胡蘿蔔做菜。
dang.geu.neu.ro/yo.ri.reul/man.deul.da

당신 dang.sin
代 你（用於夫妻之間或吵架的對象）

►당신은 누구세요?
您是哪位?
dang.si.neun/nu.gu.se.yo

대 de*
量 輛、架

►차 한 대.
一台車。
cha/han/de*

대답하다 de*.da.pa.da
動 回答

►빨리 대답하세요.
請快點回答。
bal.li/de*.da.pa.se.yo

대부분 de*.bu.bun
名 大部分

►수입의 대부분을 기부했다.
捐獻出收入的絕大部分。
su.i.bui/de*.bu.bu.neul/gi.bu.he*t.da

대사관 de*.sa.gwan
名 大使館

075 track

➜한국 대사관.
韓國大使館。
han.guk/de*.sa.gwan

대학교 de*.hak.gyo
✏ 名 大學

➜서울대학교.
首爾大學。
so*.ul.de*.hak.gyo

대학생 de*.hak.sse*ng
✏ 名 大學生

➜대학생이 되다.
成爲大學生。
de*.hak.sse*ng.i/dwe.da

대학원 de*.ha.gwon
✏ 名 研究所

➜대학원을 졸업하다.
研究所畢業。
de*.ha.gwo.neul/jjo.ro*.pa.da

대한민국 de*.han.min.guk
✏ 名 大韓民國

➜대한민국의 수도는 서울입니다.
大韓民國的首都是首爾。
de*.han.min.gu.gui/su.do.neun/so*.u.rim.ni.da

대화 de*.hwa
✏ 名 對話

track 076

➜부부의 대화.
夫婦的對話。
bu.bu.ui/de*.hwa

대회 de*.hwe
✏名 大會

➜운동 대회.
運動大會。
un.dong/de*.hwe

댁 de*k
✏名 府上、貴府（집的敬語）

➜교수님, 댁에 모셔다 드릴까요?
教授，要送您回府上嗎？
gyo.su.nim//de*.ge/mo.syo*.da/deu.ril.ga.yo

더 do*
✏副 更、更加

➜오늘은 어제보다 더 춥다.
今天比昨天更冷。
o.neu.reun/o*.je.bo.da/do*/chup.da

더럽다 do*.ro*p.da
✏形 ①髒 ②卑鄙

➜더러운 바지.
髒的褲子。
do*.ro*.un/ba.ji

덕분 do*k.bun
✏名 幸虧、多虧

077 track

➜덕분에 일이 잘 됐어요.
多虧有你，事情很順利。
do*k.bu.ne/i.ri/jal/dwe*.sso*.yo

덥다	do*p.da
形 熱	

➜날씨가 덥다.
天氣熱。
nal.ssi.ga/do*p.da

덮다	do*p.da
動 蓋、掩蓋	

➜뚜껑을 덮다.
蓋蓋子。
du.go*ng.eul/do*p.da

데리다	de.ri.da
動 帶領	

➜아이를 데리고 유치원에 가요.
帶小孩去幼稚園。
a.i.reul/de.ri.go/yu.chi.wo.ne/ga.yo

데이트	de.i.teu
名 約會	

➜오늘은 데이트하는 날이다.
今天是約會的日子。
o.neu.reun/de.i.teu.ha.neun/na.ri.da

도로	do.ro
名 道路	

track 078

▸고속도로.
高速道路。
go.sok.do.ro

도서관 do.so*.gwan
名 圖書館

▸중앙도서관.
中央圖書館。
jung.ang.do.so*.gwan

도시 do.si
名 都市

▸도시화.
都市化。
do.si.hwa

도와 주다 do.wa.ju.da
動 幫助

▸좀 도와 줄 수 있습니까?
可以幫我一下嗎?
jom/do.wa/jul/su/it.sseum.ni.ga

도움 do.um
名 幫助

▸도움이 필요하다.
需要幫助。
do.u.mi/pi.ryo.ha.da

도착하다 do.cha.ka.da
動 抵達

▶목적지에 도착하다.
到達目的地。
mok.jjo*k.jji.e/do.cha.ka.da

도쿄	do.kyo
地 東京	

▶일본의 큰 도시는 도쿄이다.
日本的大都市是東京。
il.bo.nui/keun/do.si.neun/do.kyo.i.da

독서	dok.sso*
名 讀書	

▶독서회.
讀書會。
dok.sso*.hwe

독일	do.gil
地 德國	

▶독일어.
德語。
do.gi.ro*

돈	don
名 錢	

▶돈이 부족하다.
錢不夠。
do.ni/bu.jo.ka.da

돌아가다	do.ra.ga.da
動 回去	

track 080

➜집에 돌아가자.
回家吧！
ji.be/do.ra.ga.ja

돌아오다	do.ra.o.da
動 回來	

➜아빠가 집에 돌아오셨다.
爸爸回家了。
a.ba.ga/ji.be/do.ra.o.syo*t.da

돕다	dop.da
動 幫助	

➜가난한 사람을 돕다.
幫助貧窮的人。
ga.nan.han/sa.ra.meul/dop.da

동네	dong.ne
名 村莊、村落、社區	

➜우리 동네에는 고양이가 많아요.
我們社區有很多貓。
u.ri/dong.ne.e.neun/go.yang.i.ga/ma.na.yo

동물	dong.mul
名 動物	

➜동물원.
動物園。
dong.mu.rwon

동생	dong.se*ng
名 弟弟、妹妹	

081 track

➜내 남동생은 세 살이다.
我弟弟三歲。
ne*/nam.dong.se*ng.eun/se.sa.ri.da

동아리 dong.a.ri
名 社團

➜동아리에 가입하다.
加入社團。
dong.a.ri.e/ga.i.pa.da

동안 dong.an
名 期間

➜방학동안에 바다로 놀러 갔다.
放假期間去海邊玩了。
bang.hak.dong.a.ne/ba.da.ro/nol.lo*/gat.da

동양 dong.yang
名 東洋、東方

➜동양 사람.
東方人。
dong.yang.sa.ram

동전 dong.jo*n
名 銅錢

➜동전 몇 개 주세요.
請給我幾個銅板。
dong.jo*n/myo*t/ge*/ju.se.yo

동쪽 dong.jjok
名 東邊

track 082

➡태양은 동쪽에서 뜬다.
太陽從東邊升起。
te*.yang.eun/dong.jjo.ge.so*/deun.da

돼지	dwe*.ji
名 豬	

➡돼지꿈.
豬夢（發財夢）。
dwe*.ji.gum

돼지고기	dwe*.ji.go.gi
名 豬肉	

➡돼지고기볶음밥.
豬肉炒飯。
dwe*.ji.go.gi.bo.geum.bap

되다	dwe.da
動 成為、到（時間）	

➡시간이 되다.
時間到了。
si.ga.ni/dwe.da

되다	dwe.da
動 可以	

➡다 먹어도 되나요?
可以全部吃完嗎?
da/mo*.go*.do/dwe.na.yo

된장	dwen.jang
名 大醬	

083 track

➜된장찌개.
大醬湯。
dwen.jang.jji.ge*

두 du
✏冠 兩、二（後面接量詞）

➜모두 두 명이에요.
全部兩位。
mo.du/du/myo*ng.i.e.yo

두껍다 du.go*p.da
✏形 厚

➜두꺼운 사전.
厚的字典。
du.go*.un/sa.jo*n

두다 du.da
✏動 置、放

➜탁자 위에 두다.
放在桌子上。
tak.jja/wi.e/du.da

두부 du.bu
✏名 豆腐

➜순두부찌개.
嫩豆腐鍋。
sun.du.bu.jji.ge*

둘 dul
✏數 二

track 084

▶둘 다 학생이야?
你們兩個都是學生?
dul/da/hak.sse*ng.i.ya

둘째	dul.jje*
數 第二	

▶둘째 아들.
第二個兒子。
dul.jje*/a.deul

뒤	dwi
名 後面	

▶뒤에 따라 오다.
跟在後面。
dwi.e/da.ra/o.da

드라마	deu.ra.ma
名 電視劇、戲劇	

▶한국 드라마.
韓國電視劇。
han.guk.deu.ra.ma

드리다	deu.ri.da
動 給、呈上	

▶커피 한 잔 드릴까요?
要給您一杯咖啡嗎?
ko*.pi/han/jan/deu.ril.ga.yo

드시다	deu.si.da
動 吃、喝(敬語)	

▶많이 드십시오.
請多吃一些。
ma.ni/deu.sip.ssi.o

듣기	deut.gi
名 聽起來、聽力	

▶듣기 좋은 노래.
好聽的歌。
deut.gi/jo.eun/no.re*

듣다	deut.da
動 聽、聽見	

▶그 소리를 들었어요?
聽見那聲音了嗎?
geu/so.ri.reul/deu.ro*.sso*.yo

들다	deul.da
動 拿、提、舉	

▶가방을 들다.
提包包。
ga.bang.eul/deul.da

들어가다	deu.ro*.ga.da
動 進去	

▶화장실에 들어가다.
進去化妝室。
hwa.jang.si.re/deu.ro*.ga.da

들어오다	deu.ro*.o.da
動 進來	

track 086

➡바람이 창문에서 들어오다.
風從窗戶吹進來。
ba.ra.mi/chang.mu.ne.so*/deu.ro*.o.da

등 deung
名 背

➡손등.
手背。
son.deung

등산 deung.san
名 爬山、登山

➡같이 등산을 갈까요?
要不要一起去登山?
ga.chi/deung.sa.neul/gal.ga.yo

등산복 deung.san.bok
名 登山服

➡등산복을 입다.
穿登山服。
deung.san.bo.geul/ip.da

등산화 deung.san.hwa
名 登山鞋

➡등산화를 신다.
穿登山鞋。
deung.san.hwa.reul/ssin.da

디자인 di.ja.in
名 設計、圖案

087 track

▶예쁜 디자인.
漂亮的設計。
ye.beun/di.ja.in

따뜻하다 da.deu.ta.da
形 溫暖

▶따뜻한 기후.
溫暖的氣候。
da.deu.tan/gi.hu

따라가다 da.ra.ga.da
動 跟隨、追趕

▶너를 따라가고 싶다.
想跟隨你。
no*.reul/da.ra.ga.go/sip.da

따라오다 da.ra.o.da
動 跟著來、跟來

▶나를 따라 오지 마.
不要跟著我來。
na.reul/da.ra/o.ji/ma

따로 da.ro
副 另外

▶세금을 따로 내야 돼요?
稅金要另外支付嗎?
se.geu.meul/da.ro/ne*.ya/dwe*.yo

딸 dal
名 女兒

track 088

➜우리 딸은 이미 결혼했어요.
我女兒已經結婚了。
u.ri/da.reun/i.mi/gyo*l.hon.he*.sso*.yo

딸기 dal.gi
名 草莓

➜딸기맛.
草莓口味。
dal.gi.mat

땀 dam
名 汗

➜땀이 나다.
出汗。
da.mi/na.da

때 de*
名 時候、時期

➜그때는 몰랐어요.
那時候，我不知道。
geu.de*.neun/mol.la.sso*.yo

때문 de*.mun
名 原因、理由

➜너 때문에 회사가 망했다.
因為你，公司垮了。
no*.de*.mu.ne/hwe.sa.ga/mang.he*t.da

떠나다 do*.na.da
動 離開、動身

▶고향을 떠나다.
離開故鄉。
go.hyang.eul/do*.na.da

떠들다 do*.deul.da
動 吵鬧、喧嘩

▶여기서 떠들지 마세요.
請勿在這裡喧嘩。
yo*.gi.so*/do*.deul.jji/ma.se.yo

떡 do*k
名 年糕、糕

▶떡국.
年糕湯。
do*k.guk

떡볶이 do*k.bo.gi
名 辣炒年糕

▶떡볶이 일인분 주세요.
請給我一份辣炒年糕。
do*k.bo.gi/i.rin.bun/ju.se.yo

떨어지다 do*.ro*.ji.da
動 掉落

▶과실이 나무에서 떨어지다.
果實從樹下掉落。
gwa.si.ri/na.mu.e.so*/do*.ro*.ji.da

또 do
副 又、再、還

track 090

➜좋은 기회가 또 올까?

還會有好的機會嗎？

jo.eun/gi.hwe.ga/do/ol.ga

또는	do.neun
副 又、或者、還有	

➜내일 또는 모레 만나자.

明天或後天見面吧！

ne*.il/do.neun/mo.re/man.na.ja

똑같다	dok.gat.da
形 一模一樣	

➜똑같은 말.

一樣的話。

dok.ga.teun/mal

똑바로	dok.ba.ro
副 筆直、端正	

➜똑바로 걷다.

筆直地走。

dok.ba.ro/go*t.da

뛰다	dwi.da
動 跑、跳動	

➜교실에서 뛰지 마세요.

不要在教室奔跑。

gyo.si.re.so*/dwi.ji/ma.se.yo

뜨겁다	deu.go*p.da
形 燙、熱、熱情	

091 track

▶뜨거운 커피.

熱咖啡。
deu.go*.un/ko*.pi

뜻 deut

名 意味、意義

▶그게 무슨 뜻이죠?

那是什麼意思？
geu.ge/mu.seun/deu.si.jyo

track 092

● ㄹ

라디오 ra.di.o
名 收音機

➜ 라디오를 틀다.
打開收音機。
ra.di.o.reul/teul.da

라면 ra.myo*n
名 泡麵

➜ 라면을 끓이다.
煮泡麵。
ra.myo*.neul/geu.ri.da

러시아 ro*.si.a
地 俄羅斯

➜ 러시아인.
俄羅斯人。
ro*.si.a.in

로션 ro.syo*n
名 乳液

➜ 바디로션.
身體乳液。
ba.di.ro.syo*n

093 track

● ㅁ

마늘 ma.neul

名 大蒜

▶마늘을 까다.

剝大蒜。

ma.neu.reul/ga.da

마르다 ma.reu.da

動 ①乾、渴 ②瘦

▶목이 마르다.

口渴。

mo.gi/ma.reu.da

마리 ma.ri

量 隻、匹、頭

▶개 한 마리.

一隻狗。

ge*/han/ma.ri

마시다 ma.si.da

動 喝、飲

▶술을 마시다.

喝酒。

su.reul/ma.si.da

마음 ma.eum

名 ①內心、心裡 ②心地、心腸

 track 094

➔내 마음이 너무 아파요.

我的心好痛。

ne*/ma.eu.mi/no*.mu/a.pa.yo

마지막	ma.ji.mak
名 最後、最終	

➔마지막의 기회.

最後的機會。

ma.ji.ma.gui/gi.hwe

마치다	ma.chi.da
動 完成、結束	

➔일을 마치다.

結束工作。

i.reul/ma.chi.da

마흔	ma.heun
數 四十	

➔마흔다섯 살.

四十五歲。

ma.heun.da.so*t/sal

막히다	ma.ki.da
動 堵塞	

➔길이 막히다.

塞車。

gi.ri/ma.ki.da

만	man
數 萬	

095 track

➡20만 원을 내다.

付20萬元。

i.sim.ma.nwo.neul/ne*.da

만나다 man.na.da

動 見面、相逢

➡친구를 만나다.

見朋友。

chin.gu.reul/man.na.da

만두 man.du

名 餃子

➡김치만두.

泡菜水餃。

gim.chi.man.du

만들다 man.deul.da

動 製作、製造

➡케이크를 만들다.

製作蛋糕。

ke.i.keu.reul/man.deul.da

만지다 man.ji.da

動 摸、撫摸

➡만지지 마시오.

請勿觸摸。

man.ji.ji/ma.si.o

만화 man.hwa

名 漫畫

track 096

▶만화책.

漫畫書。

man.hwa.che*k

많다	man.ta
形 多	

▶사람이 많다.

人多。

sa.ra.mi/man.ta

많이	ma.ni
副 多多地	

▶사람이 많이 있다.

有很多人。

sa.ra.mi/ma.ni/it.da

말	mal
名 話、話語	

▶네 말을 알아 들었다.

聽懂你的話了。

ne/ma.reul/a.ra/deu.ro*t.da

말씀하다	mal.sseum.ha.da
動 講話、說話（말하다的敬語）	

▶말씀해 주세요.

請說。

mal.sseum.he*/ju.se.yo

말하기	mal.ha.gi
名 ①說起來 ②口說、會話	

➜말하기 어렵다.
難說。
mal.ha.gi/o*.ryo*p.da

말하다 mal.ha.da
✎ 動 說、說話

➜함부로 말하지 마세요.
不要隨便說話。
ham.bu.ro/mal.ha.jji/ma.se.yo

맑다 mak.da
✎ 形 明亮、清澈、清新

➜맑은 공기.
清新的空氣。
mal.geun/gong.gi

맛 mat
✎ 名 味道

➜이상한 맛.
奇怪的味道。
i.sang.han/mat

맛없다 ma.do*p.da
✎ 形 不好吃

➜이 반찬은 맛없어요.
這小菜不好吃。
i/ban.cha.neun/ma.do*p.sso*.yo

맛있다 ma.sit.da
✎ 形 好吃、美味

track 098

➜맛있는 음식을 소개해 주세요.

請為我介紹好吃的餐點。

ma.sin.neun/eum.si.geul/sso.ge*.he*/ju.se.yo

맞다	mat.da
動　正確	

➜맞는 선택.

正確的選擇。

man.neun/so*n.te*k

맞은편	ma.jeun.pyo*n
名　對面	

➜길 맞은편에 서점이 있다.

馬路對面有書店。

gil/ma.jeun.pyo*.ne/so*.jo*.mi/it.da

매다	me*.da
動　繫、綁、束	

➜안전띠를 매다.

繫安全帶。

an.jo*n.di.reul/me*.da

매우	me*.u
副　很、非常	

➜매우 덥다.

很熱。

me*.u/do*p.da

매일	me*.il
名副　每天	

➜매일 밤 12시에 잔다.
每天晚上12點睡覺。
me*.il/bam/yo*l.du.si.e/jan.da

매주 me*.ju
名副 每週

➜매주 등산을 간다.
每週去登山。
me*.ju/deung.sa.neul/gan.da

맥주 me*k.jju
名 啤酒

➜시원한 맥주.
清爽的啤酒。
si.won.han/me*k.jju

맵다 me*p.da
形 辣、凶狠

➜매운 맛.
辣味。
me*.un/mat

머리 mo*.ri
名 頭

➜머리가 나쁘다.
頭腦不好。
mo*.ri.ga/na.beu.da

머리 mo*.ri
名 頭髮

track 100

▶머리카락.

頭髮。
mo*.ri.ka.rak

먹다	mo*k.da
動 吃	

▶밥을 먹다.

吃飯。
ba.beul/mo*k.da

먼저	mo*n.jo*
副 先、首先、優先	

▶먼저 떠나다.

先離開。
mo*n.jo*/do*.na.da

멀다	mo*l.da
形 遠、遙遠	

▶그 사람이 먼 곳에 있다.

那個人在遙遠的地方。
geu/sa.ra.mi/mo*n/go.se/it.da

멋있다	mo*.sit.da
形 好看、帥氣	

▶멋있는 남자.

帥氣的男子。
mo*.sin.neun/nam.ja

메뉴	me.nyu
名 菜單	

→메뉴판.
菜單。
me.nyu.pan

메다 me.da
動 背、扛

→짐을 메다.
扛行李。
ji.meul/me.da

메모 me.mo
名 紀錄、紙條

→메모를 남기다.
留下紙條。
me.mo.reul/nam.gi.da

메시지 me.si.ji
名 消息、口信

→메시지를 전하다.
傳達口信。
me.si.ji.reul/jjo*n.ha.da

며칠 myo*.chil
名 幾天

→며칠 후에 여기로 와라.
幾天後，來這裡吧！
myo*.chil/hu.e/yo*.gi.ro/wa.ra

면도 myo*n.do
名 刮鬍刀

track 102

▶안전면도.

安全刮鬍刀。

an.jo*n.myo*n.do

명	myo*ng
✏ 量 名、位	

▶몇 명이 왔어요?

來了幾位？

myo*t/myo*ng.i/wa.sso*.yo

명절	myo*ng.jo*l
✏ 名 節日	

▶명절 선물.

過節禮物。

myo*ng.jo*l/so*n.mul

몇	myo*t
✏ 冠數 幾、若干	

▶모두 몇 개예요?

全部是幾個？

mo.du/myo*t/ge*.ye.yo

모두	mo.du
✏ 名副 ①全部、所有 ②總共	

▶모두 얼마예요?

總共多少錢呢？

mo.du/o*l.ma.ye.yo

모든	mo.deun
✏ 冠 所有	

▸모든 일.
所有的事。
mo.deun/il

모레	mo.re
名副 後天	

▸모레 여행을 갈 예정이다.
預計後天要去旅行。
mo.re/yo*.he*ng.eul/gal/ye.jo*ng.i.da

모르다	mo.reu.da
動 ①不知道 ②不認識 ③不懂、不會	

▸잘 모르겠어요.
不太清楚。
jal/mo.reu.ge.sso*.yo

모시다	mo.si.da
動 陪同、侍奉	

▸부모님을 모시다.
侍奉父母。
bu.mo.ni.meul/mo.si.da

모양	mo.yang
名 模樣	

▸모양이 다르다.
模樣不同。
mo.yang.i/da.reu.da

모으다	mo.eu.da
動 收集、集合	

 track 104

▶우표를 모으다.

收集郵票。

u.pyo.reul/mo.eu.da

모이다	mo.i.da
動 集合、聚集	

▶사람들이 여기에 모여 있다.

人們聚集在這裡。

sa.ram.deu.ri/yo*.gi.e/mo.yo*/it.da

모임	mo.im
名 集會、聚會	

▶동창 모임.

同學會。

dong.chang/mo.im

모자	mo.ja
名 帽子	

▶모자를 쓰다.

戴帽子。

mo.ja.reul/sseu.da

목	mok
名 脖子、喉嚨	

▶목이 긴 기린.

脖子長的長頸鹿。

mo.gi/gin/gi.rin

목걸이	mok.go*.ri
名 項鍊	

▶진주 목걸이.

珍珠項鍊。
jin.ju/mok.go*.ri

목소리	mok.sso.ri
✏ 名　聲音	

▶목소리를 높이다.

提高嗓音。
mok.sso.ri.reul/no.pi.da

목요일	mo.gyo.il
✏ 名　星期四	

▶다음 주 목요일.

下週四。
da.eum.ju/mo.gyo.il

목욕하다	mo.gyo.ka.da
✏ 動　洗澡	

▶목욕탕.

澡堂。
mo.gyok.tang

목적	mok.jjo*k
✏ 名　目的	

▶목적지.

目的地。
mok.jjo*k.jji

몸	mom
✏ 名　身體	

track 106

▶몸이 괜찮아요?

身體還好嗎？

mo.mi/gwe*n.cha.na.yo

몸살	mom.sal
名 病痛	

▶몸살이 나다.

生病。

mom.sa.ri/na.da

못	mot
副 不、不能	

▶못 가다.

不能去。

mot/ga.da

못하다	mo.ta.da
動 不會、不能	

▶한국어를 못한다.

不會韓語。

han.gu.go*.reul/mo.tan.da

무	mu
名 白蘿蔔	

▶무를 썰다.

切蘿蔔。

mu.reul/sso*l.da

무겁다	mu.go*p.da
形 重、沈重	

107 track

▶무거운 가방을 들다.
提著沉重的包包。
mu.go*.un/ga.bang.eul/deul.da

무궁화 mu.gung.hwa
名 木槿花

▶무궁화 꽃이 피었습니다.
木槿花開了。
mu.gung.hwa/go.chi/pi.o*t.sseum.ni.da

무료 mu.ryo
名 免費

▶무료 입장권.
免費入場券。
mu.ryo/ip.jjang.gwon

무릎 mu.reup
名 膝蓋

▶무릎을 꿇다.
下跪。
mu.reu.peul/gul.ta

무섭다 mu.so*p.da
形 可怕、害怕

▶무서운 호랑이.
可怕的老虎。
mu.so*.un/ho.rang.i

무슨 mu.seun
冠 什麼

 track 108

➜무슨 일이 있습니까?
有什麼事嗎？
mu.seun/i.ri/it.sseum.ni.ga

무엇 mu.o*t
代 什麼

➜무엇을 도와 드릴까요?
需要幫您什麼嗎？
mu.o*.seul/do.wa/deu.ril.ga.yo

무역 mu.yo*k
名 貿易

➜무역 회사.
貿易公司。
mu.yo*.kwe.sa

무용 mu.yong
名 舞蹈

➜민속 무용.
民俗舞蹈。
min.song.mu.yong

무척 mu.cho*k
副 非常、極為

➜무척 좋아하다.
非常喜歡。
mu.cho*k/jo.a.ha.da

문 mun
名 門

➜문을 열다.
開門。
mu.neul/yo*l.da

문구점 mun.gu.jo*m
名 文具店

➜문구점에서 연필을 사다.
在文具店買鉛筆。
mun.gu.jo*.me.so*/yo*n.pi.reul/ssa.da

문장 mun.jang
名 句子

➜문장을 만들어 보세요.
請造句看看。
mun.jang.eul/man.deu.ro*/bo.se.yo

문제 mun.je
名 問題

➜어려운 문제.
困難的問題。
o*.ryo*.un/mun.je

문화 mun.hwa
名 文化

➜한국 문화를 배우다.
學習韓國文化。
han.gung.mun.hwa.reul/be*.u.da

묻다 mut.da
動 問、詢問

 track 110

▸길을 묻다.

問路。

gi.reul/mut.da

물	mul
名 水	

▸물 좀 주세요.

請給我水。

mul/jom/ju.se.yo

물건	mul.go*n
名 物品、東西	

▸이 물건은 뭐예요?

這是什麼東西？

i/mul.go*.neun/mwo.ye.yo

물론	mul.lon
副名 當然、不用說	

▸네, 물론입니다.

是的，那當然。

ne//mul.lo.nim.ni.da

물어보다	mu.ro*.bo.da
動 問看看	

▸친구에게 물어 보세요.

問問朋友吧！

chin.gu.e.ge/mu.ro*/bo.se.yo

뭐	mwo
代 什麼	

▶뭐라고요?
你說什麼？
mwo.ra.go.yo

미국 mi.guk
地 美國

▶미국 의회.
美國議會。
mi.guk/ui.hwe

미래 mi.re*
名 未來

▶미래의 세계.
未來的世界。
mi.re*.ui/se.gye

미리 mi.ri
副 事先、預先

▶미리 설명하다.
預先說明。
mi.ri/so*l.myo*ng.ha.da

미술 mi.sul
名 美術

▶미술 작품.
美術作品。
mi.sul.jak.pum

미술관 mi.sul.gwan
名 美術館

track 112

➜미술관 관장.

美術館館長。

mi.sul.gwan/gwan.jang

미안하다	mi.an.ha.da
形 對不起、抱歉	

➜너무 미안합니다.

非常抱歉。

no*.mu/mi.an.ham.ni.da

미용실	mi.yong.sil
名 美容院	

➜미용실에서 머리를 자르다.

在美容院剪頭髮。

mi.yong.si.re.so*/mo*.ri.reul/jja.reu.da

미터	mi.to*
名 公尺、米	

➜100미터.

100公尺。

be*ng.mi.to*

민속촌	min.sok.chon
名 民俗村	

➜한국민속촌.

韓國民俗村。

han.gung.min.sok.chon

밀가루	mil.ga.ru
名 麵粉	

113 track

➜밀가루 반죽.
麵粉團。
mil.ga.ru/ban.juk

밀리다	mil.li.da
動 擁擠、堆積	

➜밀린 일이 많다.
堆積的事情很多。
mil.lin/i.ri/man.ta

밑	mit
名 下面、底下	

➜나무 밑.
樹下。
na.mu/mit

 track 114

● ㅂ

바꾸다 ba.gu.da

動 換、交換

▶선물을 바꾸다.

交換禮物。

so*n.mu.reul/ba.gu.da

바뀌다 ba.gwi.da

動 被換

▶제 자리가 바뀌었어요.

我的位子換了。

je/ja.ri.ga/ba.gwi.o*.sso*.yo

바나나 ba.na.na

名 香蕉

▶바나나 우유.

香蕉牛奶。

ba.na.na/u.yu

바다 ba.da

名 海

▶푸른 바다.

蔚藍的海。

pu.reun/ba.da

바닷가 ba.dat.ga

名 海邊

▶바닷가에서 낚시를 하다.

在海邊釣魚。

ba.dat.ga.e.so*/nak.ssi.reul/ha.da

바라다 ba.ra.da

動 希望、盼望、期許

▶건강하기를 바라다.

盼望健康。

go*n.gang.ha.gi.reul/ba.ra.da

바람 ba.ram

名 風

▶바람이 강하다.

風很強。

ba.ra.mi/gang.ha.da

바로 ba.ro

副 ①就是、正是 ②馬上、立刻

▶그 건물이 바로 63 빌딩이다.

那建築物就是 63 大樓。

geu/go*n.mu.ri/ba.ro/yuk.ssam.bil.ding.i.da

바르다 ba.reu.da

動 塗、抹

▶약을 바르다.

上藥。

ya.geul/ba.reu.da

바쁘다 ba.beu.da

形 忙碌

track 116

▶일이 바쁘다.

工作忙碌。

i.ri/ba.beu.da

바이올린	ba.i.ol.lin
名 小提琴	

▶바이올린 연주자.

小提琴演奏家。

ba.i.ol.lin/yo*n.ju.ja

바지	ba.ji
名 褲子	

▶솜바지.

棉褲。

som.ba.ji

박물관	bang.mul.gwan
名 博物館	

▶국립박물관.

國立博物館。

gung.nip.bang.mul.gwan

박수	bak.ssu
名 鼓掌	

▶박수를 치다.

拍手。

bak.ssu.reul/chi.da

밖	bak
名 外面	

➜밖에서 기다리다.

在外面等待。

ba.ge.so*/gi.da.ri.da

반 ban

名 一半、半

➜일곱 시반.

七點半。

il.gop.ssi.ban

반 ban

名 班級、班

➜준영 씨는 같은 반 친구입니다.

俊英是我的同班同學。

ju.nyo*ng/ssi.neun/ga.teun/ban/chin.gu.im.ni.da

반갑다 ban.gap.da

形 高興

➜반가운 소식.

令人高興的消息。

ban.ga.un/so.sik

반지 ban.ji

名 戒指

➜반지를 끼다.

戴戒指。

ban.ji.reul/gi.da

반찬 ban.chan

名 菜餚

track 118

➜야채로 만든 반찬.
用蔬菜做的菜餚。
ya.che*.ro/man.deun/ban.chan

받다 bat.da
動 接受

➜돈을 받다.
收錢。
do.neul/bat.da

발 bal
名 腳、足

➜발로 밟다.
用腳踩。
bal.lo/bap.da

발가락 bal.ga.rak
名 腳趾

➜엄지 발가락.
腳拇指。
o*m.ji.bal.ga.rak

발음 ba.reum
名 發音

➜발음을 연습하다.
練習發音。
ba.reu.meul/yo*n.seu.pa.da

발표하다 bal.pyo.ha.da
動 發表

119 track

▶연설문을 발표하다.
發表演說。
yo*n.so*l.mu.neul/bal.pyo.ha.da

밝다 bak.da
形 明亮

▶밝은 조명.
明亮的照明。
bal.geun/jo.myo*ng

밤 bam
名 晚上、夜

▶밤을 새우다.
熬夜。
ba.meul/sse*.u.da

밥 bap
名 飯

▶아침밥.
早飯。
a.chim.bap

방 bang
名 房間

▶방에서 자다.
在房間睡覺。
bang.e.so*/ja.da

방법 bang.bo*p
名 方法

track 120

➡다른 방법이 없다.

沒有別的方法。

da.reun/bang.bo*.bi/o*p.da

방송	bang.song
名 廣播、播送	

➡생방송.

現場直播。

se*ng.bang.song

방송국	bang.song.guk
名 廣播電台、電視台	

➡텔레비전 방송국.

電視台。

tel.le.bi.jo*n/bang.song.guk

방학	bang.hak
名 （學校）放假	

➡여름 방학.

夏天假期（暑假）。

yo*.reum/bang.hak

배	be*
名 肚子	

➡배가 아프다.

肚子痛。

be*.ga/a.peu.da

배	be*
名 船	

121 track

➜배를 타다.

搭船。

be*.reul/ta.da

배　be*

✏ 名　梨子

➜사과, 귤과 배.

蘋果、橘子和水梨。

sa.gwa//gyul.gwa/be*

배구　be*.gu

✏ 名　排球

➜배구장.

排球場。

be*.gu.jang

배달　be*.dal

✏ 名　投遞、外送

➜우유 배달.

牛奶外送。

u.yu/be*.dal

배우　be*.u

✏ 名　演員

➜여배우.

女演員。

yo*.be*.u

배우다　be*.u.da

✏ 動　學習

track 122

►영어를 배우다.

學習英語。

yo*ng.o*.reul/be*.u.da

배탈	be*.tal
名 肚子痛、腹瀉	

►나는 배탈이 났다.

我肚子痛。

na.neun/be*.ta.ri/nat.da

백	be*k
數 百	

►양말은 2천 5백 원이에요.

襪子是2千5百韓圜。

yang.ma.reun/i.cho*n/o.be*k/wo.ni.e.yo

백화점	be*.kwa.jo*m
名 百貨公司	

►롯데백화점.

樂天百貨公司。

rot.de.be*.kwa.jo*m

버리다	bo*.ri.da
動 丟掉、扔掉	

►쓰레기를 버리다.

丟垃圾。

sseu.re.gi.reul/bo*.ri.da

버스	bo*.seu
名 公車、巴士	

➡관광 버스.

觀光巴士。

gwan.gwang/bo*.seu

번　　bo*n

✏名　①號（前面接漢字語數詞）

②次、回、遍（前面接固有數詞）

➡234 번 버스.

234號公車。

i.be*k.ssam.sip.ssa.bo*n/bo*.seu

번호　　bo*n.ho

✏名　號碼

➡전화번호.

電話號碼。

jo*n.hwa.bo*n.ho

벌다　　bo*l.da

✏動　賺（錢）

➡돈을 벌다.

賺錢。

do.neul/bo*l.da

벌써　　bo*l.sso*

✏副　已經

➡벌써 떠났다.

已經離開了。

bo*l.sso*/do*.nat.da

벗다　　bo*t.da

✏動　脫（衣服）

track 124

▶옷을 벗다.
脫衣服。
o.seul/bo*t.da

벗꽃 bo*t.got
名 櫻花

▶벗꽃을 구경하다.
賞櫻。
bo*t.go.cheul/gu.gyo*ng.ha.da

벽 byo*k
名 牆壁

▶포스터를 벽에 붙이다.
把海報貼在牆壁上。
po.seu.to*.reul/byo*.ge/bu.chi.da

변호사 byo*n.ho.sa
名 律師

▶변호사 사무소.
律師事務所。
byo*n.ho.sa/sa.mu.so

별 byo*l
名 星星

▶별빛
星光。
byo*l.bit

별로 byo*l.lo
副 不怎麼、不太（與否定句一起使用）

►별로 좋지 않은 결과.

不是特別好的結果。

byo*l.lo/jo.chi/a.neun/gyo*l.gwa

병	byo*ng
量 瓶	

►술 한 병.

一瓶酒。

sul/han/byo*ng

병	byo*ng
名 病	

►병에 걸리다.

得病。

byo*ng.e/go*l.li.da

병원	byo*ng.won
名 醫院	

►환자를 병원에 보내다.

把患者送到醫院。

hwan.ja.reul/byo*ng.wo.ne/bo.ne*.da

보내다	bo.ne*.da
動 寄、送	

►편지를 보내다.

寄信。

pyo*n.ji.reul/bo.ne*.da

보다	bo.da
動 看	

track 126

▶영화를 보다.

看電影。

yo*ng.hwa.reul/bo.da

보이다 bo.i.da

動 看見

▶안 보인다.

看不見。

an/bo.in.da

보통 bo.tong

副名 普通

▶그는 보통 사람이 아니다.

他不是普通人。

geu.neun/bo.tong.sa.ra.mi/a.ni.da

복숭아 bok.ssung.a

名 桃子

▶복숭아 나무.

桃子樹。

bok.ssung.a/na.mu

복잡하다 bok.jja.pa.da

形 複雜

▶일이 복잡하다.

事情複雜。

i.ri/bok.jja.pa.da

볶다 bok.da

動 炒

127 track

▶땅콩을 볶다.
炒花生。
dang.kong.eul/bok.da

볶음밥 bo.geum.bap
名 炒飯

▶여기에 맛있는 볶음밥이 있어요.
這裡有好吃的炒飯。
yo*.gi.e/ma.sin.neun/bo.geum.ba.bi/i.sso*.yo

볼펜 bol.pen
名 圓珠筆、原子筆

▶볼펜으로 글씨를 쓰다.
用圓珠筆寫字。
bol.pe.neu.ro/geul.ssi.reul/sseu.da

봄 bom
名 春天

▶봄이 오다.
春天來臨。
bo.mi/o.da

봉지 bong.ji
名 袋子

▶쌀을 봉지에 넣다.
將米放入袋子。
ssa.reul/bong.ji.e/no*.ta

봉투 bong.tu
名 信封、文件袋

 track 128

➜봉투를 뜯다.

拆信封。

bong.tu.reul/deut.da

뵙다	bwep.da
動 拜見（謙語）	

➜처음 뵙겠습니다.

初次見面。

cho*.eum/bwep.get.sseum.ni.da

부동산	bu.dong.san
名 不動產、房地產	

➜부동산을 매매하다.

買賣不動產。

bu.dong.sa.neul/me*.me*.ha.da

부드럽다	bu.deu.ro*p.da
形 柔和、柔軟	

➜부드러운 촉감.

柔和的觸感。

bu.deu.ro*.un/chok.gam

부르다	bu.reu.da
動 叫、呼喚	

➜이름을 부르다.

叫名字。

i.reu.meul/bu.reu.da

부모	bu.mo
名 父母	

129 track

▸부모님께 인사를 드리다.
問候父母。
bu.mo.nim.ge/in.sa.reul/deu.ri.da

부부 bu.bu
名 夫婦、夫妻

▸부부관계.
夫妻關係。
bu.bu.gwan.gye

부엌 bu.o*k
名 廚房

▸부엌에서 요리하다.
在廚房做料理。
bu.o*.ke.so*/yo.ri.ha.da

부인 bu.in
名 夫人、婦人

▸부인, 안녕하시지요?
夫人，您好嗎？
bu.in//an.nyo*ng.ha.si.ji.yo

부지런하다 bu.ji.ro*n.ha.da
形 勤快、勤勉

▸부지런한 태도.
勤快的態度。
bu.ji.ro*n.han/te*.do

부치다 bu.chi.da
動 寄

 track 130

▶소포를 부치다.

寄包裹。

so.po.reul/bu.chi.da

부탁	bu.tak
名 委託、請託	

▶제 부탁을 들어 주시겠어요?

您願意答應我的請託嗎？

je/bu.ta.geul/deu.ro*/ju.si.ge.sso*.yo

북쪽	buk.jjok
名 北邊	

▶북쪽으로 향하다.

朝著北邊。

buk.jjo.geu.ro/hyang.ha.da

분	bun
量 位	

▶선생님 한 분.

一位老師。

so*n.se*ng.nim/han/bun

분	bun
名 分鐘	

▶저녁 여섯 시 이십 분에 퇴근했어요.

傍晚6點20分下班了。

jo*.nyo*k/yo*.so*t/si/i.sip/bu.ne/twe.geun.he*.sso*.yo

분위기	bu.nwi.gi
名 氣氛	

131 track

➜분위기 좋은 곳.
氣氛好的地方。
bu.nwi.gi/jo.eun/got

불	bul
✏ 名 火	

➜공장에 불이 났어요.
工廠發生火災。
gong.jang.e/bu.ri/na.sso*.yo

불고기	bul.go.gi
✏ 名 烤肉	

➜불고기 이인분 주세요.
給我兩人份的烤肉。
bul.go.gi/i.in.bun/ju.se.yo

불다	bul.da
✏ 動 吹、刮	

➜강한 바람이 불고 있다.
吹著強風。
gang.han/ba.ra.mi/bul.go/it.da

붓다	but.da
✏ 動 ①傾倒、澆 ②發腫	

➜물을 붓다.
倒水。
mu.reul/but.da

붙다	but.da
✏ 動 ①黏貼 ②合格、考上	

track 132

➧대학에 붙다.

考上大學。

de*.ha.ge/but.da

붙이다	bu.chi.da
✏動　黏貼、緊靠	

➧우표를 봉투 위에 붙이다.

把郵票貼在信封上。

u.pyo.reul/bong.tu/wi.e/bu.chi.da

비	bi
✏名　雨	

➧비가 내리고 있다.

正在下雨。

bi.ga/ne*.ri.go/it.da

비누	bi.nu
✏名　肥皂	

➧세수 비누.

洗顏皂。

se.su/bi.nu

비디오	bi.di.o
✏名　①影像　②錄影機、錄影帶	

➧비디오 화면.

影像畫面。

bi.di.o/hwa.myo*n

비밀	bi.mil
✏名　秘密	

133 track

➡이 비밀을 지켜야 된다.
要保守這個秘密。
i/bi.mi.reul/jji.kyo*.ya/dwen.da

비빔밥 bi.bim.bap
✏ 名 拌飯

➡돌솥비빔밥.
石鍋拌飯。
dol.sot.bi.bim.bap

비슷하다 bi.seu.ta.da
✏ 形 相似、近似

➡비슷한 글씨.
相似的字跡。
bi.seu.tan/geul.ssi

비싸다 bi.ssa.da
✏ 形 （價錢）貴

➡바싼 레스토랑.
昂貴的餐廳。
ba.ssan/re.seu.to.rang

비행기 bi.he*ng.gi
✏ 名 飛機

➡종이로 비행기를 만들다.
用紙做飛機。
jong.i.ro/bi.he*ng.gi.reul/man.deul.da

빌딩 bil.ding
✏ 名 大廈、大樓

track 134

▶저 빌딩이 보입니까?

有看見那棟大樓嗎？

jo*/bil.ding.i/bo.im.ni.ga

빌리다 bil.li.da

動 借、借給

▶돈 좀 빌려 주세요.

請借我一點錢。

don/jom/bil.lyo*/ju.se.yo

빠르다 ba.reu.da

形 快

▶빠른 속도로 달리다.

快速奔馳。

ba.reun/sok.do.ro/dal.li.da

빨간색 bal.gan.se*k

名 紅色

▶빨간색 옷.

紅色的衣服。

bal.gan.se*k/ot

빨갛다 bal.ga.ta

形 赤、紅

▶토마토가 빨갛다.

蕃茄是紅的。

to.ma.to.ga/bal.ga.ta

빨다 bal.da

動 洗、洗滌

➜옷을 빨다.
洗衣服。
o.seul/bal.da

빨래 bal.le*
✏名 （要洗的）衣物

➜집에서 빨래를 해요.
在家裡洗衣服。
ji.be.so*/bal.le*.reul/he*.yo

빨리 bal.li
✏副 趕緊、趕快

➜빨리 나가십시오.
請趕快出去。
bal.li/na.ga.sip.ssi.o

빵 bang
✏名 麵包

➜빵을 굽다.
烤麵包。
bang.eul/gup.da

빼다 be*.da
✏動 拔、掏、抽

➜총을 빼다.
拔槍。
chong.eul/be*.da

track 136

人

사 sa
數 四

→십사 년 전.
十四年前。
sip.ssa.nyo*n/jo*n

사거리 sa.go*.ri
名 十字路口

→사거리의 교통 경찰.
十字路口的交通警察。
sa.go*.ri.ui/gyo.tong/gyo*ng.chal

사계절 sa.gye.jo*l
名 四季

→사계절의 변화.
四季的變化。
sa.gye.jo*.rui/byo*n.hwa

사고 sa.go
名 事故

→교통사고가 나다.
發生交通事故。
gyo.tong.sa.go.ga/na.da

사과 sa.gwa
名 ①蘋果 ②道歉

137 track

➔빨간 색의 사과.
紅色的蘋果。
bal.gan/se*.gui/sa.gwa

사다	sa.da
✎動　買、購買	

➔보석을 사다.
買寶石。
bo.so*.geul/ssa.da

사람	sa.ram
✎名　人	

➔사람들.
人們。
sa.ram.deul

사랑하다	sa.rang.ha.da
✎動　愛	

➔사랑해요.
我愛你。
sa.rang.he*.yo

사무실	sa.mu.sil
✎名　辦公室	

➔사무실을 임대하다.
租辦公室。
sa.mu.si.reul/im.de*.ha.da

사물	sa.mul
✎名　事物	

track 138

➜사물을 관찰하다.
觀察事物。
sa.mu.reul/gwan.chal.ha.da

사업가 sa.o*p.ga
名 事業家

➜그는 훌륭한 사업가이다.
他是優秀的事業家。
geu.neun/hul.lyung.han/sa.o*p.ga.i.da

사용하다 sa.yong.ha.da
動 使用

➜기계를 사용하다.
使用機械。
gi.gye.reul/ssa.yong.ha.da

사원 sa.won
名 社員、員工

➜그녀는 회사 사원이다.
她是公司的員工。
geu.nyo*.neun/hwe.sa/sa.wo.ni.da

사이 sa.i
名 間隔、距離

➜가까운 사이.
近距離。
ga.ga.un/sa.i

사이다 sa.i.da
名 汽水

139 track

➜사이다와 콜라.

汽水和可樂。

sa.i.da.wa/kol.la

사이즈　sa.i.jeu

名　尺寸

➜제 사이즈를 몰라요.

我不知道自己的尺寸。

je/sa.i.jeu.reul/mol.la.yo

사인하다　sa.in.ha.da

動　簽名、署名

➜여기에 사인하십시오.

請在這裡簽名。

yo*.gi.e/sa.in.ha.sip.ssi.o

사장　sa.jang

名　總經理、社長

➜사장님이 지금 커피를 드세요.

社長現在在喝咖啡。

sa.jang.ni.mi/ji.geum/ko*.pi.reul/deu.se.yo

사전　sa.jo*n

名　字典

➜영어 사전.

英文字典。

yo*ng.o*.sa.jo*n

사진　sa.jin

名　照片

track 140

▸가족 사진.

家人照片（全家福）。
ga.jok/sa.jin

사진기 sa.jin.gi

✏ 名 照相機

▸이것은 새로 나온 사진기다.

這是新上市的相機。
i.go*.seun/se*.ro/na.on/sa.jin.gi.da

사촌 sa.chon

✏ 名 堂兄弟姊妹、表兄弟姊妹

▸사촌 여동생.

堂妹。
sa.chon/yo*.dong.se*ng

사탕 sa.tang

✏ 名 糖

▸얼음사탕.

冰糖。
o*.reum.sa.tang

사흘 sa.heul

✏ 名 三天

▸사흘동안 계속 집에 있었다.

三天都待在家裡。
sa.heul.dong.an/gye.sok/ji.be/i.sso*t.da

산 san

✏ 名 山

▶높은 산.
高山。
no.peun/san

산책	san.che*k
名　散步	

▶우리 산책 가자.
我們去散步吧！
u.ri/san.che*k.ga.ja

살	sal
量　歲	

▶너는 몇 살이니?
你幾歲？
no*.neun/myo*t/sa.ri.ni

살다	sal.da
動　居住	

▶서울에 사는 사람.
住在首爾的人。
so*.u.re/sa.neun/sa.ram

삼	sam
數　三	

▶삼학년.
三年級。
sam.hang.nyo*n

삼거리	sam.go*.ri
名　三叉路口	

track 142

▶삼거리의 신호등.

三叉路口的紅綠燈。

sam.go*.ri.ui/sin.ho.deung

삼계탕 sam.gye.tang

名 蔘雞湯

▶삼계탕을 먹어 봤어요?

你吃過蔘雞湯嗎？

sam.gye.tang.eul/mo*.go*/bwa.sso*.yo

삼촌 sam.chon

名 叔叔

▶외삼촌.

舅舅。

we.sam.chon

상자 sang.ja

名 箱子

▶상자 안에 물건이 있다.

箱子內有東西。

sang.ja/a.ne/mul.go*.ni/it.da

상처 sang.cho*

名 傷口

▶상처를 입다.

受傷。

sang.cho*.reul/ip.da

상품 sang.pum

名 商品

143 track

▶인기상품.
人氣商品。
in.gi.sang.pum

새 se*
冠 新

▶새 차.
新車。
se*/cha

새 se*
名 鳥

▶참새.
麻雀。
cham.se*

새로 se*.ro
副 新、重新

▶새로 만든 작품.
新製的作品。
se*.ro/man.deun/jak.pum

새벽 se*.byo*k
名 清晨、凌晨

▶새벽시장.
早市。
se*.byo*k.ssi.jang

새우 se*.u
名 蝦

track 144

➡새우초밥.

蝦子壽司。

se*.u.cho.bap

색　se*k

名　顏色

➡밝은 색.

亮色。

bal.geun/se*k

색깔　se*k.gal

名　顏色

➡어떤 색깔을 원하세요?

您要哪種顏色呢？

o*.do*n/se*k.ga.reul/won.ha.se.yo

샌드위치　se*n.deu.wi.chi

名　三明治

➡아침에 샌드위치를 먹었어요.

早上吃了三明治。

a.chi.me/se*n.deu.wi.chi.reul/mo*.go*.sso*.yo

생각하다　se*ng.ga.ka.da

動　想、認為

➡어떻게 생각하세요?

您認為如何呢？

o*.do*.ke/se*ng.ga.ka.se.yo

생각나다　se*ng.gang.na.da

動　想起來

145 track

➡옛날 일이 생각났어요.
想起了以前的事情。
yen.nal/i.ri/se*ng.gang.na.sso*.yo

생기다	se*ng.gi.da
✏ 動 發生、產生	

➡자신감이 생기다.
產生自信心。
ja.sin.ga.mi/se*ng.gi.da

생선	se*ng.so*n
✏ 名 魚、鮮魚	

➡생선구이.
烤魚。
se*ng.so*n.gu.i

생신	se*ng.sin
✏ 名 生日、生辰	

➡아버님의 생신은 언제예요?
您父親的生日是什麼時候？
a.bo*.ni.mui/se*ng.si.neun/o*n.je.ye.yo

생일	se*ng.il
✏ 名 生日	

➡생일 축하합니다!
生日快樂！
se*ng.il/chu.ka.ham.ni.da

생활	se*ng.hwal
✏ 名 生活	

track 146

▸생활방식.
生活方式。
se*ng.hwal.bang.sik

샤워하다	sya.wo.ha.da
動 淋浴	

▸욕실에서 샤워하다.
在浴室淋浴。
yok.ssi.re.so*/sya.wo.ha.da

서다	so*.da
動 立、站	

▸문 옆에 서 있는 남자.
站在門旁邊的男子。
mun/yo*.pe/so*/in.neun/nam.ja

서로	so*.ro
副 互相、相互	

▸둘이 서로 좋아하다.
兩人互相喜歡。
du.ri/so*.ro/jo.a.ha.da

서류	so*.ryu
名 文件	

▸서류를 복사하다.
影印文件。
so*.ryu.reul/bok.ssa.ha.da

서른	so*.reun
數 三十	

▶서른 살.

三十歲。

so*.reun/sal

서비스 so*.bi.seu

✏ 名 服務、招待

▶서비스료.

服務費。

so*.bi.seu.ryo

서양 so*.yang

✏ 名 西洋、西方

▶서양 사람.

西方人。

so*.yang/sa.ram

서울 so*.ul

✏ 名 首爾

▶서울시민.

首爾市民。

so*.ul.si.min

서울역 so*.ul.lyo*k

✏ 名 首爾車站

▶서울역에 가고 싶어요.

想去首爾車站。

so*.ul.lyo*.ge/ga.go/si.po*.yo

서점 so*.jo*m

✏ 名 書店

track 148

▶이 근처에 서점이 있나요?

這附近有書店嗎？
i/geun.cho*.e/so*.jo*.mi/in.na.yo

서쪽	so*.jjok
名 西邊	

▶이쪽은 서쪽입니다.

這邊是西邊。
i.jjo.geun/so*.jjo.gim.ni.da

선물하다	so*n.mul.ha.da
動 送禮物	

▶이것은 친구에게 선물할 거예요.

這是要送給朋友的。
i.go*.seun/chin.gu.e.ge/so*n.mul.hal/go*.ye.yo

선배	so*n.be*
名 前輩	

▶대학 선배.

大學前輩。
de*.hak/so*n.be*

선생님	so*n.se*ng.nim
名 老師	

▶선생님께서 오셨어요.

老師來了。
so*n.se*ng.nim.ge.so*/o.syo*.sso*.yo

선수	so*n.su
名 選手、運動員	

149 track

▶운동 선수.

運動選手。

un.dong.so*n.su

선택하다 so*n.te*.ka.da

動 選擇

▶이 중에 하나를 선택하세요.

請從這之中，選擇一個。

i/jung.e/ha.na.reul/sso*n.te*.ka.se.yo

선풍기 so*n.pung.gi

名 電風扇

▶선풍기를 틀다.

打開電風扇。

so*n.pung.gi.reul/teul.da

설거지 so*l.go*.ji

名 洗碗

▶설거지를 하다.

洗碗。

so*l.go*.ji.reul/ha.da

설날 so*l.lal

名 正月初一、春節

▶설날에 부모님께 세배를 올리다.

春節向父母拜年。

so*l.la.re/bu.mo.nim.ge/se.be*.reul/ol.li.da

설렁탕 so*l.lo*ng.tang

名 牛骨湯、牛肉湯、雪濃湯

 track 150

➜이 집의 설렁탕은 유명해요.

這家店的牛肉湯有名。
i/ji.bui/so*l.lo*ng.tang.eun/yu.myo*ng.he*.yo

설명하다 so*l.myo*ng.ha.da
動 說明

➜자세히 설명해 주세요.

請仔細說明。
ja.se.hi/so*l.myo*ng.he*/ju.se.yo

설악산 so*.rak.ssan
地 雪嶽山

➜설악산의 풍경은 아주 아름다워요.

雪嶽山的風景非常漂亮。
so*.rak.ssa.nui/pung.gyo*ng.eun/a.ju/a.reum.da.wo.yo

설탕 so*l.tang
名 糖

➜커피에 설탕을 넣었어요.

在咖啡裡加糖。
ko*.pi.e/so*l.tang.eul/no*.o*.sso*.yo

섬 so*m
名 島

➜외딴섬.

孤島。
we.dan.so*m

성 so*ng
名 姓、姓氏

➡이름도 성도 없는 사람.
沒名沒姓的人。
i.reum.do/so*ng.do/o*m.neun/sa.ram

성격 so*ng.gyo*k
✏ 名 性格、性質

➡성격이 좋은 친구.
性格好的朋友。
so*ng.gyo*.gi/jo.eun/chin.gu

성함 so*ng.ham
✏ 名 姓名

➡성함이 어떻게 되십니까?
請問您尊姓大名？
so*ng.ha.mi/o*.do*.ke/dwe.sim.ni.ga

세 se
✏ 名 歲

➡80 세의 고령.
80歲高齡。
pal.ssip.sse.ui/go.ryo*ng

세 se
✏ 冠 三、三個（後面接量詞）

➡빵을 세 개나 먹었다.
吃了三個麵包。
bang.eul/sse/ge*.na/mo*.go*t.da

세계 se.gye
✏ 名 世界

track 152

➜세계전쟁.

世界戰爭。

se.gye.jo*n.je*ng

세수하다	se.su.ha.da
動 洗臉	

➜찬 물로 세수하지 마세요.

請不要用冷水洗臉。

chan/mul.lo/se.su.ha.ji/ma.se.yo

세우다	se.u.da
動 ①停車 ②建立、搭建	

➜차를 세우다.

停車。

cha.reul/sse.u.da

세일하다	se.il.ha.da
動 打折、特價	

➜세일 기간.

打折期間。

se.il/gi.gan

세탁기	se.tak.gi
名 洗衣機	

➜세탁기로 옷을 빨다.

用洗衣機洗衣服。

se.tak.gi.ro/o.seul/bal.da

센터	sen.to*
名 中心	

153 track

▸연구 센터.
研究中心。
yo*n.gu/sen.to*

센티미터 sen.ti.mi.to*
名 公分、釐米

▸20 센티미터.
20公分。
i.sip.ssen.ti.mi.to*

셋 set
數 三

▸그는 아들 셋을 두었다.
他有三個兒子。
geu.neun/a.deul/sse.seul/du.o*t.da

소 so
名 牛

▸소를 기르다.
養牛。
so.reul/gi.reu.da

소개하다 so.ge*.ha.da
動 介紹

▸내용을 소개하다.
介紹內容。
ne*.yong.eul/sso.ge*.ha.da

소고기 so.go.gi
名 牛肉

 track 154

▶소고기덮밥.
牛肉蓋飯。
so.go.gi.do*p.bap

소금	so.geum
名 鹽	

▶소금을 뿌리다.
撒鹽。
so.geu.meul/bu.ri.da

소리	so.ri
名 聲音、話	

▶목소리.
嗓音。
mok.sso.ri

소설	so.so*l
名 小說	

▶잘 팔린 소설.
暢銷小說。
jal/pal.lin/so.so*l

소설가	so.so*l.ga
名 小說家	

▶다재다능한 소설가로 유명하다.
以多才多藝的小說家聞名。
da.je*.da.neung.han/so.so*l.ga.ro/yu.myo*ng.ha.da

소식	so.sik
名 消息	

▶아무 소식이 없다.
沒有任何消息。
a.mu/so.si.gi/o*p.da

소파 so.pa
名 沙發

▶거실에 소파가 있다.
客廳有沙發。
go*.si.re/so.pa.ga/it.da

소포 so.po
名 包裹

▶소포를 열다.
打開包裹。
so.po.reul/yo*l.da

소풍 so.pung
名 郊遊

▶교외로 소풍 가다.
去郊外郊遊。
gyo.we.ro/so.pung.ga.da

속 sok
名 內、裡面

▶마음 속.
內心深處。
ma.eum/sok

손 son
名 手

track 156

➜양손.

雙手。

yang.son

손가락	son.ga.rak
名 手指	

➜오른손 엄지손가락.

右手大拇指。

o.reun.son/o*m.ji.son.ga.rak

손님	son.nim
名 客人	

➜손님이 오셨다.

客人來了。

son.ni.mi/o.syo*t.da

손수건	son.su.go*n
名 手帕	

➜땀을 손수건으로 닦다.

用手帕擦汗。

da.meul/sson.su.go*.neu.ro/dak.da

송이	song.i
量 朵	

➜꽃 한 송이.

一朵花。

got/han/song.i

쇼핑	syo.ping
名 購物	

157 track

▶쇼핑몰.
購物中心。
syo.ping.mol

수건 su.go*n
名 毛巾、手巾

▶수건으로 얼굴을 닦다.
用毛巾擦臉。
su.go*.neu.ro/o*l.gu.reul/dak.da

수도 su.do
名 首都

▶수도권.
首都圈。
su.do.gwon

수돗물 su.don.mul
名 自來水

▶수돗물 공급.
供給自來水。
su.don.mul/gong.geup

수박 su.bak
名 西瓜

▶수박 한 조각을 먹다. 、
吃一塊西瓜。
su.bak/han/jo.ga.geul/mo*k.da

수술하다 su.sul.ha.da
動 手術

track 158

▸수술 중.

手術中。

su.sul/jung

수업	su.o*p
名　課、課程、授業	

▸수업 시간.

上課時間。

su.o*p/si.gan

수영	su.yo*ng
名　游泳	

▸수영을 할 줄 아세요?

您會游泳嗎？

su.yo*ng.eul/hal/jjul/a.se.yo

수영장	su.yo*ng.jang
名　游泳池	

▸실내 수영장.

室內游泳池。

sil.le*/su.yo*ng.jang

수요일	su.yo.il
名　星期三	

▸지난 주 수요일.

上禮拜三。

ji.nan.ju/su.yo.il

수저	su.jo*
名　湯匙和筷子	

159 track

▶수저로 밥을 먹다.
用湯匙和筷子吃飯。
su.jo*.ro/ba.beul/mo*k.da

수첩 su.cho*p
名 手冊

▶가방에서 볼펜과 수첩을 꺼냈다.
從包包裡拿出筆和手冊。
ga.bang.e.so*/bol.pen.gwa/su.cho*.beul/go*.ne*t.da

수학 su.hak
名 數學

▶수학 선생님.
數學老師。
su.hak/so*n.se*ng.nim

숙제 suk.jje
名 作業、課題

▶숙제를 하다.
做作業。
suk.jje.reul/ha.da

순서 sun.so*
名 順序

▶순서를 지키다.
遵守順序。
sun.so*.reul/jji.ki.da

숟가락 sut.ga.rak
名 湯匙

track 160

▸숟가락으로 국을 먹다.
用湯匙喝湯。
sut.ga.ra.geu.ro/gu.geul/mo*k.da

술	sul
名 酒	

▸술을 마시다.
喝酒。
su.reul/ma.si.da

쉬다	swi.da
動 休息、睡覺	

▸주말에 집에서 쉬다.
週末在家休息。
ju.ma.re/ji.be.so*/swi.da

쉰	swin
數 五十	

▸쉰 살.
五十歲。
swin.sal

쉽다	swip.da
形 簡單、容易	

▸쉬운 일.
簡單的事。
swi.un/il

슈퍼마켓	syu.po*.ma.ket
名 超市	

➜슈퍼마켓에서 장을 보다.
在超市買東西。
syu.po*.ma.ke.se.so*/jang.eul/bo.da

스물 seu.mul
✏ 數 二十

➜스물세 살.
二十三歲。
seu.mul.se.sal

스웨터 seu.we.to*
✏ 名 毛衣

➜스웨터를 입은 여자.
穿毛衣的女子。
seu.we.to*.reul/i.beun/yo*.ja

스케이트 seu.ke.i.teu
✏ 名 滑冰、溜冰鞋

➜스케이트를 타다.
溜冰。
seu.ke.i.teu.reul/ta.da

스키 seu.ki
✏ 名 滑雪

➜스키 경기.
滑雪比賽。
seu.ki/gyo*ng.gi

스타킹 seu.ta.king
✏ 名 褲襪

track 162

▶스타킹을 신다.

穿褲襪。

seu.ta.king.eul/ssin.da

스트레스 seu.teu.re.seu

名 （精神）壓力

▶스트레스를 받다.

感到壓力。

seu.teu.re.seu.reul/bat.da

스포츠 seu.po.cheu

名 體育運動

▶어떤 스포츠를 좋아하세요?

您喜歡哪種運動？

o*.do*n/seu.po.cheu.reul/jjo.a.ha.se.yo

슬프다 seul.peu.da

形 難過、傷心、傷感

▶슬픈 영화.

悲劇電影。

seul.peun/yo*ng.hwa

습관 seup.gwan

名 習慣

▶나쁜 습관.

壞習慣。

na.beun/seup.gwan

시 si

名 市

►시장.
市長。
si.jang

시 si
名 時、點

►지금 몇 시예요?
現在幾點？
ji.geum/myo*t/si.ye.yo

시간 si.gan
名 時間

►시간이 부족하다.
時間不足。
si.ga.ni/bu.jo.ka.da

시간 si.gan
量 鐘頭、小時

►두 시간정도 걸려요.
花兩個小時左右。
du.si.gan.jo*ng.do/go*l.lyo*.yo

시계 si.gye
名 鐘錶

►손목시계.
手錶。
son.mok.ssi.gye

시골 si.gol
名 鄉下、鄉村

track 164

➔시골에 돌아가다.

回鄉下。

si.go.re/do.ra.ga.da

시끄럽다	si.geu.ro*p.da
形 喧嘩、吵雜	

➔시끄러운 소리.

吵雜的聲音。

si.geu.ro*.un/so.ri

시내	si.ne*
名 市區、城內	

➔시내 버스.

市區公車。

si.ne*/bo*.seu

시다	si.da
形 酸	

➔김치가 너무 셔요.

泡菜太酸了。

gim.chi.ga/no*.mu/syo*.yo

시민	si.min
名 市民	

➔시민권.

公民權。

si.min.gwon

시설	si.so*l
名 設施	

▶공공시설.
公共設施。
gong.gong.si.so*l

시외	si.we
名 郊區、郊外	

▶내 집은 서울 시외에 있다.
我家在首爾郊外。
ne*/ji.beun/so*.ul/si.we.e/it.da

시원하다	si.won.ha.da
形 涼快、涼爽	

▶시원한 날씨.
涼爽的天氣。
si.won.han/nal.ssi

시작	si.jak
名 開始	

▶이제 시작하자.
現在開始吧！
i.je/si.ja.ka.ja

시장	si.jang
名 市場	

▶꽃 시장.
花市。
got/si.jang

시키다	si.ki.da
動 點（菜）	

track 166

➜중국집에서 짜장면을 시켰어요.

在中華料理店點了炸醬麵。

jung.guk.jji.be.so*/jja.jang.myo*.neul/ssi.kyo*.sso*.yo

시험 si.ho*m

名 考試、測驗

➜시험을 보다.

考試。

si.ho*.meul/bo.da

식당 si.dang

名 餐館、食堂

➜식당이 몇 층입니까?

餐館在幾樓？

sik.dang.i/myo*t/cheung.im.ni.ga

식사 sik.ssa

名 吃飯、用餐

➜같이 식사하시죠.

一起用餐吧！

ga.chi/sik.ssa.ha.si.jyo

식탁 sik.tak

名 飯桌

➜식탁 예절.

餐桌禮儀。

sik.tak/ye.jo*l

신다 sin.da

動 穿（鞋、襪）

167 track

▸신발을 신다.
穿鞋。
sin.ba.reul/ssin.da

신문 sin.mun
名 報紙

▸신문을 읽다.
讀報紙。
sin.mu.neul/ik.da

신발 sin.bal
名 鞋

▸신발가게.
鞋店。
sin.bal.ga.ge

신청하다 sin.cho*ng.ha.da
動 申請

▸장학금을 신청하다.
申請獎學金。
jang.hak.geu.meul/ssin.cho*ng.ha.da

신호등 sin.ho.deung
名 紅綠燈

▸신호등을 설치하다.
設置紅綠燈。
sin.ho.deung.eul/sso*l.chi.ha.da

실례하다 sil.lye.ha.da
動 失禮、不禮貌

track 168

▶실례합니다.

失禮了。

sil.lye.ham.ni.da

실수	sil.su
名 失誤、弄錯	

▶제가 실수했습니다.

我的失誤。

je.ga/sil.su.he*t.sseum.ni.da

싫다	sil.ta
形 討厭	

▶나는 네가 제일 싫다.

我最討厭你。

na.neun/ne.ga/je.il/sil.ta

싫어하다	si.ro*.ha.da
動 討厭	

▶그는 일을 싫어한다.

他討厭工作。

geu.neun/i.reul/ssi.ro*.han.da

심하다	sim.ha.da
形 嚴重、過份	

▶병이 심하다.

病很嚴重。

byo*ng.i/sim.ha.da

싱겁다	sing.go*p.da
形 味淡	

▶맛이 싱겁다.
味道淡。
ma.si/sing.go*p.da

싸다	ssa.da
動 打包、包圍	

▶짐을 싸다.
收拾行李。
ji.meul/ssa.da

싸다	ssa.da
形 便宜	

▶값이 싸다.
價格便宜。
gap.ssi/ssa.da

싸우다	ssa.u.da
動 打架、吵架	

▶싸우지 마세요.
請不要打架。
ssa.u.ji/ma.se.yo

쌀	ssal
名 米	

▶찹쌀.
糯米。
chap.ssal

쌓이다	ssa.i.da
動 積壓、累積	

 track 170

➜쌓인 일이 많다.

堆積的事情很多。

ssa.in/i.ri/man.ta

썰다	sso*l.da
動 切	

➜고기를 썰다.

切肉。

go.gi.reul/sso*l.da

쓰기	sseu.gi
名 寫起來、寫作	

➜가로쓰기.

橫寫。

ga.ro.sseu.gi

쓰다	sseu.da
動 寫、書寫	

➜글을 쓰다.

寫文章。

geu.reul/sseu.da

쓰다	sseu.da
動 戴（帽子、眼鏡）	

➜안경을 쓴 사람이 누구예요?

戴眼鏡的人是誰？

an.gyo*ng.eul/sseun/sa.ra.mi/nu.gu.ye.yo

쓰다	sseu.da
動 使用	

➡기구를 쓰다.

使用工具。
gi.gu.reul/sseu.da

쓰다　sseu.da
形　苦（味道）

➡맛이 쓰다.

味道苦。
ma.si/sseu.da

쓰레기　sseu.re.gi
名　垃圾

➡쓰레기차.

垃圾車。
sseu.re.gi.cha

쓰이다　sseu.i.da
動　被寫、被使用

➡널리 쓰이다.

廣泛被使用。
no*l.li/sseu.i.da

씨　ssi
名　先生、女士（接在名字後方）

➡준수 씨, 어디에 가요?

俊秀先生，你要去哪裡？
jun.su/ssi//o*.di.e/ga.yo

씩　ssik
接　各、均為

track 172

➜한 사람에게 두 개씩 준다.

一個人各給兩個。
han/sa.ra.me.ge/du/ge*.ssik/jun.da

씹다　ssip.da
✏ 動　嚼

➜껌을 씹다.

嚼口香糖。
go*.meul/ssip.da

씻다　ssit.da
✏ 動　洗、洗刷

➜손을 씻다.

洗手。
so.neul/ssit.da

173 track

ㅇ

아가씨 a.ga.ssi
名 小姐

아가씨, 길 좀 물어 봐도 돼요?
小姐，可以問一下路嗎？
a.ga.ssi//gil/jom/mu.ro*.bwa.do/dwe*.yo

아기 a.gi
名 小孩

아기가 잠을 잘 잔다.
小孩很會睡覺。
a.gi.ga/ja.meul/jjal/jjan.da

아까 a.ga
副 剛才、剛剛

아까 뭐라고요?
你剛才說什麼？
a.ga/mwo.ra.go.yo

아내 a.ne*
名 妻子、太太

제 아내는 태국 사람입니다.
我的妻子是泰國人。
je/a.ne*.neun/te*.guk/sa.ra.mim.ni.da

아니다 a.ni.da
形 不、不是、沒有

track 174

➡그 얘기는 사실이 아니다.
那不是事實。
geu/ye*.gi.neun/sa.si.ri/a.ni.da

아들 a.deul
名 兒子

➡막내 아들.
小兒子。
mang.ne*.a.deul

아래 a.re*
名 下面

➡의자 아래에 고양이가 있다.
椅子下面有貓。
ui.ja/a.re*.e/go.yang.i.ga/it.da

아름답다 a.reum.dap.da
形 美麗

➡아름다운 경치.
美麗的風景。
a.reum.da.un/gyo*ng.chi

아마 a.ma
副 恐怕、大概

➡아마 12시쯤 올 것이다.
大概12點左右會來。
a.ma/yo*l.du.si.jjeum/ol/go*.si.da

아무 a.mu
代 任何人、誰

175 track

➜이건 아무나 할 수 있는 일이다.
這是任何人都辦得到的事情。
i.go*n/a.mu.na/hal/ssu/in.neun/i.ri.da

아버지　a.bo*.ji
名　爸爸

➜아버지, 어서 주무세요.
爸，快點就寢吧！
a.bo*.ji//o*.so*/ju.mu.se.yo

아빠　a.ba
名　爸爸

➜아빠, 인형을 사 주세요.
爸爸，買娃娃給我。
a.ba//in.hyo*ng.eul/ssa/ju.se.yo

아시아　a.si.a
名　亞洲

➜아시아 지역.
亞洲地區。
a.si.a/ji.yo*k

아이　a.i
名　小孩、孩子

➜아이를 낳다.
生小孩。
a.i.reul/na.ta

아저씨　a.jo*.ssi
名　大叔

track 176

▶운전기사 아저씨, 빨리 가 주세요.

司機大叔，請開快一點。

un.jo*n.gi.sa/a.jo*.ssi//bal.li/ga/ju.se.yo

아주 a.ju

副 很、非常

▶아주 오랜 옛날.

很久以前。

a.ju/o.re*n/yen.nal

아주머니 a.ju.mo*.ni

名 阿姨、大媽

▶아주머니, 이거 얼마예요?

阿姨，這多少錢？

a.ju.mo*.ni//i.go*/o*l.ma.ye.yo

아줌마 a.jum.ma

名 阿姨、大媽

▶아줌마, 김치 더 주세요.

大媽，再給我一點泡菜。

a.jum.ma//gim.chi/do*/ju.se.yo

아직 a.jik

副 還、尚

▶저녁은 아직 못 드셨죠?

您還沒吃晚餐吧？

jo*.nyo*.geun/a.jik/mot/deu.syo*t.jjyo

아침 a.chim

名 早上

177 track

→아침 8시에 일어나다.
早上8點起床。
a.chim/yo*.do*p.ssi.e/i.ro*.na.da

아침	a.chim
名 早餐	

→아침식사.
早餐。
a.chim.sik.ssa

아파트	a.pa.teu
名 公寓	

→지금 아파트에 살아요?
你現在住在公寓嗎？
ji.geum/a.pa.teu.e/sa.ra.yo

아프다	a.peu.da
形 痛、疼	

→이가 아프다.
牙齒痛。
i.ga/a.peu.da

악기	ak.gi
名 樂器	

→악기를 칠 줄 아세요?
你會彈樂器嗎？
ak.gi.reul/chil/jul/a.se.yo

안	an
副 不	

 track 178

➡이 일은 안 할래.

這件事我不做。

i.i.reun/an/hal.le*

안　an

✏ 名　內、裡

➡서랍 안에 노트가 있다.

抽屜內有筆記本。

so*.rap/a.ne/no.teu.ga/it.da

안경　an.gyo*ng

✏ 名　眼鏡

➡안경을 쓰다.

戴眼鏡。

an.gyo*ng.eul/sseu.da

안내하다　an.ne*.ha.da

✏ 動　帶路、引領

➡손님을 호텔로 안내하세요.

請帶客人到飯店。

son.ni.meul/ho.tel.lo/an.ne*.ha.se.yo

안녕하다　an.nyo*ng.ha.da

✏ 形　平安、好

➡안녕하십니까?

您好嗎？

an.nyo*ng.ha.sim.ni.ga

안녕히　an.nyo*ng.hi

✏ 副　平安地

179 track

➜안녕히 가십시오.
慢走（再見）。
an.nyo*ng.hi/ga.sip.ssi.o

안다 an.da
動 抱

➜인형을 안다.
抱娃娃。
in.hyo*ng.eul/an.da

안전하다 an.jo*n.ha.da
形 安全

➜여기는 아주 안전합니다.
這裡很安全。
yo*.gi.neun/a.ju/an.jo*n.ham.ni.da

앉다 an.da
動 坐

➜여기에 앉으십시오.
這裡請坐。
yo*.gi.e/an.jeu.sip.ssi.o

알다 al.da
動 ①知道 ②認識 ③懂、會

➜그 사실을 알고 있어요?
你已經知道那事實了嗎？
geu/sa.si.reul/al.go/i.sso*.yo

알리다 al.li.da
動 告訴、通知

track 180

▶정확한 날짜를 알리다.

告知正確的日期。

jo*ng.hwa.kan/nal.jja.reul/al.li.da

알맞다	al.mat.da
形 合適	

▶안에 가장 알맞은 것을 고르십시오.

請從裡面挑出最適合的選項。

a.ne/ga.jang/al.ma.jeun/go*.seul/go.reu.sip.ssi.o

앞	ap
名 前面	

▶문 앞에 있는 분이 누구세요?

在門前的那位是誰呢？

mun/a.pe/in.neun/bu.ni/nu.gu.se.yo

야채	ya.che*
名 蔬菜	

▶야채죽.

蔬菜粥。

ya.che*.juk

약	yak
冠 大約、大概	

▶약 2 시간정도 걸려야 돼요.

大約要花 2 個小時。

yak/du.si.gan.jo*ng.do/go*l.lyo*.ya/dwe*.yo

약	yak
名 藥	

181 track

➜약을 먹다.

吃藥。

ya.geul/mo*k.da

약간	yak.gan
副 若干、有點	

➜배가 약간 고프네요.

肚子有點餓耶！

be*.ga/yak.gan/go.peu.ne.yo

약국	yak.guk
名 藥局、藥房	

➜약국에서 멀미약을 사다.

在藥局買暈車藥。

yak.gu.ge.so*/mo*l.mi.ya.geul/ssa.da

약속	yak.ssok
名 約定、約束	

➜약속을 지켜야 한다.

要遵守約定。

yak.sso.geul/jji.kyo*.ya/han.da

얇다	yal.da
形 薄	

➜얇은 상의.

薄上衣。

yal.beun/sang.ui

양	yang
名 數量、份量	

track 182

→양이 너무 적어요.

量太少了。

yang.i/no*.mu/jo*.go*.yo

양말	yang.mal
名 襪子	

→긴 양말.

長襪。

gi.nyang.mal

양복	yang.bok
名 西裝	

→양복을 한 벌 샀다.

買了一件西裝。

yang.bo.geul/han.bo*l/sat.da

양식	yang.sik
名 洋食、西餐	

→점심은 양식으로 먹자.

午餐吃西餐吧！

jo*m.si.meun/yang.si.geu.ro/mo*k.jja

양파	yang.pa
名 洋蔥	

→양파를 벗기다.

剝洋蔥。

yang.pa.reul/bo*t.gi.da

얘기하다	ye*.gi.ha.da
動 談話、聊天	

183 track

➜나와 얘기 좀 하자.
和我聊聊吧！
na.wa/ye*.gi/jom/ha.ja

어깨	o*.ge*
✏ 名 肩膀	

➜어깨에 짐을 메다.
行李背在肩膀上。
o*.ge*.e/ji.meul/me.da

어느	o*.neu
✏ 冠 某、哪個	

➜어느 날.
某天。
o*.neu/nal

어둡다	o*.dup.da
✏ 形 黑暗	

➜날이 점점 어두워지다.
天漸漸變黑。
na.ri/jo*m.jo*m/o*.du.wo.ji.da

어디	o*.di
✏ 代 哪裡	

➜지금 어디에 있어요?
你現在在哪？
ji.geum/o*.di.e/i.sso*.yo

어떤	o*.do*n
✏ 冠 某、什麼樣的	

track 184

➜어떤 남자를 좋아해요?

你喜歡哪種男生？
o*.do*n/nam.ja.reul/jjo.a.he*.yo

어떻다	o*.do*.ta
形 怎麼樣	

➜오늘 날씨가 어때요?

今天天氣怎麼樣呢？
o.neul/nal.ssi.ga/o*.de*.yo

어렵다	o*.ryo*p.da
形 困難、難	

➜어려운 일을 잘 끝냈다.

順利完成了困難的事。
o*.ryo*.un/i.reul/jjal/geun.ne*t.da

어른	o*.reun
名 大人、成人	

➜어른이 되다.

成為大人。
o*.reu.ni/dwe.da

어리다	o*.ri.da
形 幼小、幼齒	

➜어린 시절.

年幼時期。
o*.rin/si.jo*l

어린이	o*.ri.ni
名 兒童	

185 track

▶어린이 날.
兒童節。
o*.ri.ni.nal

어머	o*.mo*
✏ 嘆　哎呀	

▶어머! 넌 왜 여기 있니?
哎呀！你怎麼在這裡？
o*.mo*//no*n/we*/yo*.gi/in.ni

어머니	o*.mo*.ni
✏ 名　媽媽、母親	

▶어머니, 제가 도와 드릴게요.
媽媽，我來幫忙。
o*.mo*.ni//je.ga/do.wa/deu.ril.ge.yo

어서	o*.so*
✏ 副　趕快	

▶어서 오세요.
歡迎光臨。
o*.so*.o.se.yo

어울리다	o*.ul.li.da
✏ 動　協調、適合	

▶이 옷에 잘 어울리는 바지.
和這衣服很相配的褲子。
i/o.se/jal/o*.ul.li.neun/ba.ji

어제	o*.je
✏ 名　昨天	

track 186

▸어제 누구를 만났어요?

昨天你和誰見面？
o*.je/nu.gu.reul/man.na.sso*.yo

어젯밤 o*.jet.bam
名 昨天晚上

▸어젯밤에 첫눈이 왔어요.

昨天晚上下了第一場雪。
o*.jet.ba.me/cho*n.nu.ni/wa.sso*.yo

언니 o*n.ni
名 姊姊（妹稱呼姊）

언제 o*n.je
副代 什麼時候

▸언제 부산에 갈 거예요?

你何時要去釜山？
o*n.je/bu.sa.ne/gal/go*.ye.yo

언제나 o*n.je.na
副 總是、無論何時

▸그는 언제나 같은 옷을 입고 있다.

他總是穿著一樣的衣服。
geu.neun/o*n.je.na/ga.teun/o.seul/ip.go/it.da

얼굴 o*l.gul
名 臉

▸웃는 얼굴.

笑臉。
un.neun/o*l.gul

187 track

얼마	o*l.ma
名 多少錢、多少	

➜값이 얼마입니까?

價格是多少呢？
gap.ssi/o*l.ma.im.ni.ga

얼마나	o*l.ma.na
副 多少、多麼	

➜돈이 얼마나 필요해요?

需要多少錢？
do.ni/o*l.ma.na/pi.ryo.he*.yo

얼음	o*.reum
名 冰、冰塊	

➜커피에 얼음을 넣다.

在咖啡裡加冰塊。
ko*.pi.e/o*.reu.meul/no*.ta

엄마	o*m.ma
名 媽媽	

➜엄마, 저녁은 뭘 먹어요?

媽，晚餐吃什麼？
o*m.ma//jo*.nyo*.geun/mwol/mo*.go*.yo

없다	o*p.da
形 沒有	

➜돈이 없다.

沒有錢。
do.ni/o*p.da

track 188

없이	o*p.ssi
副 沒有	

▶휴식도 없이 계속 일하고 있다.
沒有休息，一直工作。
hyu.sik.do/o*p.ssi/gye.sok/il.ha.go/it.da

에어컨	e.o*.ko*n
名 空調、冷氣	

▶에어컨 좀 켜 주세요.
請打開空調。
e.o*.ko*n/jom/kyo*/ju.se.yo

엘리베이터	el.li.be.i.to*
名 電梯	

▶엘리베이터를 타다.
搭乘電梯。
el.li.be.i.to*.reul/ta.da

여권	yo*.gwon
名 護照	

▶여권 좀 보여 주세요.
請出示護照。
yo*.gwon/jom/bo.yo*/ju.se.yo

여기	yo*.gi
代 這裡	

▶여기가 어디입니까?
這裡是哪裡？
yo*.gi.ga/o*.di.im.ni.ga

189 track

여기저기　　yo*.gi.jo*.gi
✏名副　到處、處處

➜여기저기를 보다.
到處看看。
yo*.gi.jo*.gi.reul/bo.da

여덟　　yo*.do*l
✏數　八

➜여덟 시.
八點。
yo*.do*l/si

여동생　　yo*.dong.se*ng
✏名　妹妹

➜내 여동생은 초등학생이다.
我妹妹是小學生。
ne*/yo*.dong.se*ng.eun/cho.deung.hak.sse*ng.i.da

여러　　yo*.ro*
✏冠　幾個、多個

➜여러 가지.
各種。
yo*.ro*.ga.ji

여러분　　yo*.ro*.bun
✏代　各位

➜여러분, 안녕하세요.
各位，你們好嗎？
yo*.ro*.bun/an.nyo*ng.ha.se.yo

track 190

여름 yo*.reum
✏ 名 夏天

▶여름이 되면 날씨가 더워져요.
一到夏天，天氣就變熱。
yo*.reu.mi/dwe.myo*n/nal.ssi.ga/do*.wo.jo*.yo

여보세요 yo*.bo.se.yo
✏ 嘆 喂(電話招呼)

▶여보세요, 영미 씨 좀 부탁합니다.
喂，麻煩請英美小姐聽電話。
yo*.bo.se.yo/yo*ng.mi/ssi/jom/bu.ta.kam.ni.da

여자 yo*.ja
✏ 名 女子

▶여자친구.
女朋友。
yo*.ja.chin.gu

여행 yo*.he*ng
✏ 名 旅行、旅遊

▶신혼 여행.
新婚旅行。
sin.hon/yo*.he*ng

역 yo*k
✏ 名 站

▶신촌역에서 내리세요.
請在新村站下車。
sin.cho.nyo*.ge.so*/ne*.ri.se.yo

191 track

역사 yo*k.ssa
✏名 歷史

➡한국역사.
韓國歷史。
han.gu.gyo*k.ssa

연락처 yo*l.lak.cho*
✏名 聯絡處

➡연락처를 알려 주세요.
請告知聯絡處。
yo*l.lak.cho*.reul/al.lyo*/ju.se.yo

연세 yo*n.se
✏名 年紀、年歲

➡연세가 많은 분.
年紀大的人。
yo*n.se.ga/ma.neun/bun

연습하다 yo*n.seu.pa.da
✏動 練習

➡노래를 연습하다.
練習唱歌。
no.re*.reul/yo*n.seu.pa.da

연예인 yo*.nye.in
✏名 藝人

➡좋아하는 연예인이 있어요?
你有喜歡的藝人嗎？
jo.a.ha.neun/yo*.nye.i.ni/i.sso*.yo

track 192

연필	yo*n.pil
✏ 名 鉛筆	

➔연필로 그림을 그리다.
用鉛筆畫圖。
yo*n.pil.lo/geu.ri.meul/geu.ri.da

연휴	yo*n.hyu
✏ 名 連假	

➔연휴는 일주일이다.
連休一周。
yo*n.hyu.neun/il.ju.i.ri.da

열	yo*l
✏ 名 熱	

➔열이 나다.
發燒。
yo*.ri/na.da

열다	yo*l.da
✏ 動 打開	

➔서랍을 열다.
打開抽屜。
so*.ra.beul/yo*l.da

열리다	yo*l.li.da
✏ 動 被開、開張	

➔문이 열렸다.
門被打開了。
mu.ni/yo*l.lyo*t.da

193 track

열쇠 yo*l.swe
✏ 名 鑰匙

▶열쇠를 잃어버렸어요.
弄丟鑰匙了。
yo*l.swe.reul/i.ro*.bo*.ryo*.sso*.yo

열심히 yo*l.sim.hi
✏ 副 積極地、認真地

▶열심히 공부하다.
用功讀書。
yo*l.sim.hi/gong.bu.ha.da

열차 yo*l.cha
✏ 名 列車

▶특급 열차.
特快列車。
teuk.geup/yo*l.cha

엽서 yo*p.sso*
✏ 名 明信片

▶엽서를 띄우다.
寄明信片。
yo*p.sso*.reul/di.u.da

영상 yo*ng.sang
✏ 名 零上

▶기온 영상 **30** 도.
氣溫零上30度。
gi.on/yo*ng.sang/sam.sip.do

track 194~195

영어 yo*ng.o*
名 英語

영어 회화.
英語會話。
yo*ng.o*/hwe.hwa

영하 yo*ng.ha
名 零下

영하 10 도.
零下10度。
yo*ng.ha.sip.do

영화 yo*ng.hwa
名 電影

액션 영화.
動作電影。
e*k.ssyo*n/yo*ng.hwa

옆 yo*p
名 旁邊

지하철 역 옆에 우체국이 있다.
地鐵站旁邊有郵局。
ji.ha.cho*.ryo*k/yo*.pe/u.che.gu.gi/it.da

예 ye
嘆 是的、對

예, 맞습니다.
是的，沒錯。
ye//mat.sseum.ni.da

195 track

예쁘다	ye.beu.da
形 漂亮	

➡예쁜 소녀.
漂亮的少女。
ye.beun/so.nyo*

예약하다	ye.ya.ka.da
動 預約	

➡방을 예약하셨습니까?
您預約房間了嗎？
bang.eul/ye.ya.ka.syo*t.sseum.ni.ga

옛날	yen.nal
名 昔日、以前	

➡옛날 이야기.
以前的故事。
yen.nal/i.ya.gi

오늘	o.neul
名 今天	

➡오늘은 내 생일이다.
今天是我的生日。
o.neu.reun/ne*/se*ng.i.ri.da

오다	o.da
動 來	

➡이리로 오세요.
請來這裡。
i.ri.ro/o.se.yo

track 196

오래　　o.re*
副　好久、許久

이 물건은 오래 쓸 수 있다.
這物品可以用很久。
i/mul.go*.neun/o.re*/sseul/ssu/it.da

오래간만　　o.re*.gan.man
名　間隔好久、隔了好久

오래간만이에요.
好久不見。
o.re*.gan.ma.ni.e.yo

오랫동안　　o.re*t.dong.an
名　長久

오랫동안 기다리시게 해서 미안합니다.
讓您久等了，抱歉。
o.re*t.dong.an/gi.da.ri.si.ge/he*.so*/mi.an.ham.ni.da

오렌지　　o.ren.ji
名　柳橙

이것은 오렌지 맛이에요.
這個是柳橙口味的。
i.go*.seun/o.ren.ji/ma.si.e.yo

오르다　　o.reu.da
動　上、登（山）

산에 오르다.
上山。
sa.ne/o.reu.da

197 track

오른쪽 o.reun.jjok
✏名 右邊

➡화장실은 오른쪽에 있다.
廁所在右邊。
hwa.jang.si.reun/o.reun.jjo.ge/it.da

오리 o.ri
✏名 鴨子

➡북경 오리구이.
北京烤鴨。
buk.gyo*ng/o.ri.gu.i

오빠 o.ba
✏名 哥哥（妹稱呼兄）

오이 o.i
✏名 黃瓜

➡오이 김치.
黃瓜泡菜。
o.i/gim.chi

오전 o.jo*n
✏名 上午

➡오전 11 시 이전에 저에게 연락해 주세요.
上午 11 點以前，請與我聯絡。
o.jo*n/yo*l.han.si/i.jo*.ne/jo*.e.ge/yo*l.la.ke*/ju.se.yo

오징어 o.jing.o*
✏名 魷魚

track 198

➡오징어볶음 레시피.

辣炒魷魚的烹飪法

o.jing.o*.bo.geum/re.si.pi

오후 o.hu

名 下午

➡오후 3시에 만나자.

下午3點見！

o.hu/se.si.e/man.na.ja

올라가다 ol.la.ga.da

動 上去

➡계단을 올라가다.

上樓梯。

gye.da.neul/ol.la.ga.da

올라오다 ol.la.o.da

動 上來

➡옥상으로 올라와라.

上屋頂來。

ok.ssang.eu.ro/ol.la.wa.ra

올려놓다 ol.lyo*.no.ta

動 放…上、擱…上、置於…上

➡그릇을 상에 올려 놓다.

將器皿放在桌子上。

geu.reu.seul/ssang.e/ol.lyo*/no.ta

올해 ol.he*

名 今年

➜올해의 목표.
今年的目標。
ol.he*.ui/mok.pyo

옮기다	om.gi.da
動 搬、搬運	

➜가구를 옮기다.
搬家具。
ga.gu.reul/om.gi.da

옷	ot
名 衣服	

➜옷을 입다.
穿衣服。
o.seul/ip.da

옷장	ot.jjang
名 衣櫥	

➜옷장 안에 외투가 있다.
衣櫥內有外套。
ot.jjang/a.ne/we.tu.ga/it.da

와	wa
嘆 哇	

➜와! 신기하다.
哇！真神奇。
wa//sin.gi.ha.da

와이셔츠	wa.i.syo*.cheu
名 襯衫	

track 200

→와이셔츠를 다리다.

燙襯衫。

wa.i.syo*.cheu.reul/da.ri.da

왜	we*
副 為什麼	

→왜요?

為什麼？

we*.yo

왜냐하면	we*.nya.ha.myo*n
副 因為	

→저는 영어 공부를 하지 않아요. 왜냐하면 재미가 없거든요.

我不學英語。因為沒意思嘛！

jo*.neun/yo*ng.o*/gong.bu.reul/ha.ji/a.na.yo//we*.nya.ha.myo*n/je*.mi.ga/o*p.go*.deu.nyo

외국	we.guk
名 外國	

→외국 친구.

外國朋友。

we.guk/chin.gu

외국어	we.gu.go*
名 外語	

→외국어를 배우다.

學外語。

we.gu.go*.reul/be*.u.da

201 track

외롭다 we.rop.da
✏ 形 孤單、孤獨

➜외로운 시절.
孤獨的時期。
we.ro.un/si.jo*l

외출하다 we.chul.ha.da
✏ 動 外出

➜김 사장님은 외출하고 안 계십니다.
金社長外出不在。
gim.sa.jang.ni.meun/we.chul.ha.go/an/gye.sim.ni.da

외할머니 we.hal.mo*.ni
✏ 名 外婆

➜제 외할머니는 이미 돌아가셨어요.
我外婆已經過世了。
je/we.hal.mo*.ni.neun/i.mi/do.ra.ga.syo*.sso*.yo

외할아버지 we.ha.ra.bo*.ji
✏ 名 外公

➜우리 외할아버지는 운동을 좋아하십니다.
我外公喜歡運動。
u.ri/we.ha.ra.bo*.ji.neun/un.dong.eul/jjo.a.ha.sim.ni.da

왼쪽 wen.jjok
✏ 名 左邊

➜왼쪽으로 가세요.
請往左走。
wen.jjo.geu.ro/ga.se.yo

track 202

요금 yo.geum
名 費用

전기 요금.
電費。
jo*n.gi/yo.geum

요리 yo.ri
名 菜、料理

중국요리.
中國料理。
jung.gu.gyo.ri

요일 yo.il
名 星期

오늘은 무슨 요일이에요?
今天星期幾？
o.neu.reun/mu.seun/yo.i.ri.e.yo

요즘 yo.jeum
名 最近、進來

요즘은 너무 바쁩니다.
最近很忙。
yo.jeu.meun/no*.mu/ba.beum.ni.da

우리 u.ri
代 我們

우리 가족은 4명이에요.
我有4位家人。
u.ri/ga.jo.geun/ne.myo*ng.i.e.yo

203 track

우리나라 u.ri.na.ra
名 我國

➡우리나라는 선진국이다.
我國是先進國家。
u.ri.na.ra.neun/so*n.jin.gu.gi.da

우산 u.san
名 雨傘

➡우산을 챙기다.
帶雨傘。
u.sa.neul/che*ng.gi.da

우선 u.so*n
副 首先、優先

➡우선 순위.
優先順位。
u.so*n/su.nwi

우유 u.yu
名 牛奶

➡커피우유.
咖啡牛奶。
ko*.pi.u.yu

우체국 u.che.guk
名 郵局

➡우체국은 어디입니까?
郵局在哪裡呢？
u.che.gu.geun/o*.di.im.ni.ga

track 204

우표 u.pyo
名 郵票

기념 우표.
紀念郵票。
gi.nyo*m/u.pyo

운동장 un.dong.jang
名 運動場

운동장에서 운동회를 열다.
在運動場開運動會。
un.dong.jang.e.so*/un.dong.hwe.reul/yo*l.da

운동하다 un.dong.ha.da
動 運動

운동하는 것은 건강에 좋다.
運動對健康很好。
un.dong.ha.neun/go*.seun/go*n.gang.e/jo.ta

운동화 un.dong.hwa
名 運動鞋

운동화를 신고 등산을 가다.
穿運動鞋去登山。
un.dong.hwa.reul/ssin.go/deung.sa.neul/ga.da

운전하다 un.jo*n.ha.da
動 駕駛、開車

술을 마시고 운전하면 안 된다.
酒後不能開車。
su.reul/ma.si.go/un.jo*n.ha.myo*n/an/dwen.da

205 track

울다 ul.da
動 哭

아이가 울다.
小孩哭。
a.i.ga/ul.da

울리다 ul.li.da
動 響

벨소리가 울리다.
鈴聲響起。
bel.so.ri.ga/ul.li.da

움직이다 um.ji.gi.da
動 動彈、動

움직이지 마세요.
請不要動。
um.ji.gi.ji/ma.se.yo

웃기다 ut.gi.da
動 可笑、使人發笑

네 모습이 참 웃긴다.
你的樣子真可笑。
ne/mo.seu.bi/cham/ut.gin.da

웃다 ut.da
動 笑

웃긴 왜 웃어?
笑什麼笑？
ut.gin/we*/u.so*

track 206

원　won

✏ 名　圓（韓幣的單位）

▶'원'은 한국의 화폐단위다.

「圓」是韓國的貨幣單位。

won/eun/han.gu.gui/hwa.pye.da.nwi.da

원피스　won.pi.seu

✏ 名　連身洋裝

▶어떤 원피스를 원하세요?

您要哪一種洋裝呢？

o*.do*n/won.pi.seu.reul/won.ha.se.yo

원하다　won.ha.da

✏ 動　願、希望

▶원하는 게 뭐야?

你要的是什麼？

won.ha.neun/ge/mwo.ya

월　wol

✏ 名　月

▶7월.

七月。

chi.rwol

월급　wol.geup

✏ 名　月薪、工資

▶월급날.

發薪日。

wol.geum.nal

207 track

월세　wol.se
名 月租

▸월세방을 구하다.
找月租房。
wol.se.bang.eul/gu.ha.da

웬일　we.nil
名 怎麼回事

▸웬일이세요?
怎麼回事？
we.ni.ri.se.yo

위　wi
名 上

▸나무 위.
樹上。
na.mu/wi

위치　wi.chi
名 位置

▸각자의 위치로 돌아가세요.
請回到各自的位子上。
gak.jja.ui/wi.chi.ro/do.ra.ga.se.yo

위하다　wi.ha.da
動 為、為了

▸가족을 위해서 돈을 벌다.
為了家人賺錢。
ga.jo.geul/wi.he*.so*/do.neul/bo*l.da

track 208

위험하다　wi.ho*m.ha.da
形　危險

위험한 곳에 가지 마세요.
不要去危險的地方。
wi.ho*m.han/go.se/ga.ji/ma.se.yo

유럽　yu.ro*p
地　歐洲

서유럽／동유럽.
西歐 / 東歐。
so*.yu.ro*p//dong.yu.ro*p

유리　yu.ri
名　玻璃

유리를 깨다.
打破玻璃。
yu.ri.reul/ge*.da

유명하다　yu.myo*ng.ha.da
形　有名

유명한 인물.
有名的人物。
yu.myo*ng.han/in.mul

유학　yu.hak
名　留學

미국에 유학하러 갈 겁니다.
將去美國留學。
mi.gu.ge/yu.ha.ka.ro*/gal/go*m.ni.da

209 track

유학생 yu.hak.sse*ng
名 留學生

→저는 대만에서 온 유학생입니다.
我是從台灣來的留學生。
jo*.neun/de*.ma.ne.so*/on/yu.hak.sse*ng.im.ni.da

유행 yu.he*ng
名 流行

→유행병.
流行病。
yu.he*ng.byo*ng

은행 eun.he*ng
名 銀行

→돈을 찾으러 은행에 가다.
去銀行領錢。
do.neul/cha.jeu.ro*/eun.he*ng.e/ga.da

음료수 eum.nyo.su
名 飲料

→음료수를 마시다.
喝飲料。
eum.nyo.su.reul/ma.si.da

음식 eum.sik
名 飲食

→맛있는 음식을 만들어 줄게요.
我煮好吃的菜給你吃。
ma.sin.neun/eum.si.geul/man.deu.ro*/jul.ge.yo

track 210

음악 eu.mak
名 音樂

→고전 음악.
古典音樂。
go.jo*n/eu.mak

음악가 eu.mak.ga
名 音樂家

→유명한 음악가.
有名的音樂家。
yu.myo*ng.han/eu.mak.ga

응 eung
嘆 嗯

→응. 그렇게 하자.
嗯！就那麼辦吧！
eung//geu.ro*.ke/ha.ja

의미 ui.mi
名 意味、意思

→무슨 의미예요?
是什麼意思？
mu.seun/ui.mi.ye.yo

의사 ui.sa
名 醫生

→내과 의사.
內科醫生。
ne*.gwa/ui.sa

211 track

의자	ui.ja
✏ 名 椅子	

➜의자에 앉다.

坐在椅子上。
ui.ja.e/an.da

이	i
✏ 名 牙齒	

➜이를 뽑다.

拔牙。
i.reul/bop.da

이	i
✏ 冠代 這	

➜이 지갑은 네 것이니?

這錢包是你的嗎？
i/ji.ga.beun/ne/go*.si.ni

이거	i.go*
✏ 代 這個	

➜이거 얼마입니까?

這個多少錢？
i.go*/o*l.ma.im.ni.ga

이것	i.go*t
✏ 代 這個	

➜이것은 핸드폰이다.

這是手機。
i.go*.seun/he*n.deu.po.ni.da

track 212

이곳 i.got
代 這地方

이 곳은 내 고향이다.
這地方是我的故鄉。
i/go.seun/ne*/go.hyang.i.da

이따가 i.da.ga
副 待會、等一下

이따가 보자!
待會見！
i.da.ga/bo.ja

이런 i.ro*n
冠 這樣的

이런 일은 안 해요.
我不做這種事。
i.ro*n/i.reun/an/he*.yo

이렇다 i.ro*.ta
形 這樣

영화 내용은 이렇다.
電影的內容是這樣的。
yo*ng.hwa/ne*.yong.eun/i.ro*.ta

이름 i.reum
名 名字

이름이 뭐예요?
你的名字是？
i.reu.mi/mwo.ye.yo

213 track

이메일　i.me.il
名 電子郵件

→이메일로 연락해 드릴게요.
會用電子郵件聯絡您。
i.me.il.lo/yo*l.la.ke*/deu.ril.ge.yo

이모　i.mo
名 姨母、阿姨

→제 큰 이모는 강원도에서 삽니다.
我的大阿姨住在江原道。
je/keun/i.mo.neun/gang.won.do.e.so*/sam.ni.da

이번　i.bo*n
名 這次

→이번 주.
這週。
i.bo*n/ju

이분　i.bun
代 這位

→여기 이분은 제 스승님이십니다.
這邊這位是我的師傅。
yo*.gi/i.bu.neun/je/seu.seung.ni.mi.sim.ni.da

이사　i.sa
名 搬家、遷移

→내일은 제가 이사할 거예요.
明天我要搬家。
ne*.i.reun/je.ga/i.sa.hal/go*.ye.yo

 track 214

이상하다　　i.sang.ha.da
形　奇怪、可疑

➡이상한 짓.
奇怪的行為。
i.sang.han/jit

이야기　　i.ya.gi
名　故事、談話

➡재미있는 이야기를 하다.
講有趣的故事。
je*.mi.in.neun/i.ya.gi.reul/ha.da

이용하다　　i.yong.ha.da
動　利用

➡대중교통을 이용하다.
利用大眾交通工具。
de*.jung.gyo.tong.eul/i.yong.ha.da

이유　　i.yu
名　理由

➡나를 좋아하는 이유가 뭐야?
喜歡我的理由是？
na.reul/jjo.a.ha.neun/i.yu.ga/mwo.ya

이제　　i.je
名　現在、目前

➡이제 집에 가도 돼.
現在可以回家了。
i.je/ji.be/ga.do/dwe*

215 track

이집트 i.jip.teu
地 埃及

→이집트문자.
埃及文字。
i.jip.teu.mun.ja

이쪽 i.jjok
代 這邊

→이쪽으로 오십시오.
請來這邊。
i.jjo.geu.ro/o.sip.ssi.o

이틀 i.teul
名 兩天

→겨울방학이 이틀밖에 안 남았다.
寒假只剩下兩天。
gyo*.ul.bang.ha.gi/i.teul.ba.ge/an/na.mat.da

이해하다 i.he*.ha.da
動 理解

→이해가 안 된다.
不能理解。
i.he*.ga/an/dwen.da

인구 in.gu
名 人口

→인구 밀도.
人口密度。
in.gu/mil.do

track 216

인기　in.gi
名　人氣

인기 가수.
人氣歌手。
in.gi/ga.su

인도　in.do
地　印度

인도요리.
印度料理。
in.do.yo.ri

인사하다　in.sa.ha.da
動　行禮、問候

직원이 사장님께 인사하다.
職員問候社長。
ji.gwo.ni/sa.jang.nim.ge/in.sa.ha.da

인삼　in.sam
名　人蔘

고려인삼.
高麗人蔘。
go.ryo*.in.sam

인상　in.sang
名　印象

인상이 좋다.
印象好。
in.sang.i/jo.ta

217 track

인터넷	in.to*.net
名 網路	

▶인터넷 소설.
網路小說。
in.to*.net/so.so*l

인터뷰	in.to*.byu
名 採訪、訪問、訪談	

▶인터뷰 기사.
採訪報導。
in.to*.byu/gi.sa

인형	in.hyo*ng
名 人形、娃娃	

▶곰 인형.
熊娃娃。
gom/in.hyo*ng

일	il
名 日	

▶다음 주 수요일, 4월 15일은 선거일입니다.
下星期三，4月15日是選舉日。
da.eum/ju/su.yo.il/sa.wol/si.bo.i.reun/so*n.go*.i.rim.ni.da

일곱	il.gop
數 七	

▶일곱 시반.
七點半。
il.gop.ssi.ban

track 218

일기　　il.gi
名　日記

➡일기를 쓰다.
寫日記。
il.gi.reul/sseu.da

일본　　il.bon
地　日本

➡일본 사람.
日本人。
il.bon.sa.ram

일본어　　il.bo.no*
名　日語

➡일본어로 말하다.
用日語說話。
il.bo.no*.ro/mal.ha.da

일상생활　　il.sang.se*ng.hwal
名　日常生活

➡충실한 일상생활.
充實的日常生活。
chung.sil.han/il.sang.se*ng.hwal

일어나다　　i.ro*.na.da
動　起床、站起來

➡보통 몇 시에 일어나요?
通常幾點起床？
bo.tong/myo*t.ssi.e/i.ro*.na.yo

219 track

일요일　i.ryo.il
名 星期日

▸일요일은 쉬는 날이다.
星期日是休息的日子。
i.ryo.i.reun/swi.neun/na.ri.da

일주일　il.ju.il
名 一週

▸일주일 후에 나를 찾아 와라.
一週後來找我。
il.ju.il/hu.e/na.reul/cha.ja/wa.ra

일찍　il.jjik
副 早、提早

▸일찍 돌아가세요.
請早點回去。
il.jjik/do.ra.ga.se.yo

일하다　il.ha.da
動 做事、工作

▸공장에서 일하다.
在工廠工作。
gong.jang.e.so*/il.ha.da

읽기　il.gi
名 讀起來、閱讀

▸읽기와 쓰기.
讀和寫。
il.gi.wa/sseu.gi

 track 220

읽다	ik.da
動 念、讀	

→책을 읽다.
讀書。
che*.geul/ik.da

잃다	il.ta
動 丟失、失去	

→직업을 잃다.
失去工作。
ji.go*.beul/il.ta

잃어버리다	i.ro*.bo*.ri.da
動 弄丟	

→만 원을 잃어버렸다.
弄丟一萬元。
ma.nwo.neul/i.ro*.bo*.ryo*t.da

입	ip
名 嘴	

→입을 다물다.
閉嘴。
i.beul/da.mul.da

입구	ip.gu
名 入口	

→박물관 입구에서 만납시다.
在博物館入口見面吧！
bang.mul.gwan/ip.gu.e.so*/man.nap.ssi.da

221 track

입다 ip.da
動 穿

▶치마를 입다.
穿裙子。
chi.ma.reul/ip.da

입원하다 i.bwon.ha.da
動 住院

▶그는 어제 입원했다.
他昨天住院了。
geu.neun/o*.je/i.bwon.he*t.da

입학 i.pak
名 入學

▶입학시험.
入學考試。
i.pak.ssi.ho*m

있다 it.da
動形 有、在

▶남동생은 집에 있다.
弟弟在家。
nam.dong.se*ng.eun/ji.be/it.da

잊다 it.da
動 忘記

▶이 약속을 잊지 마세요.
請不要忘記這個約定。
i.yak.sso.geul/it.jji/ma.se.yo

track 222

잊어버리다　i.jo*.bo*.ri.da

動　忘掉、忘光光

▶그 일을 이미 잊어버렸다.

已經忘記那件事了。

geu/i.reul/i.mi/i.jo*.bo*.ryo*t.da

223 track

ㅈ

자 ja
✏ 嘆 來、好

▶자, 다시 시작해 보자.
來，我們重新開始吧！
Ja//da.si/si.ja.ke*/bo.ja

자기 ja.gi
✏ 代 自己

▶자기소개.
自我介紹。
ja.gi.so.ge*

자다 ja.da
✏ 動 睡覺

▶아직 안 자요?
還不睡嗎？
a.jik/an/ja.yo

자동차 ja.dong.cha
✏ 名 汽車

▶고물 자동차.
中古汽車。
go.mul/ja.dong.cha

자료 ja.ryo
✏ 名 資料

track 224

연구 자료.

研究資料。

yo*n.gu/ja.ryo

자르다 ja.reu.da

動 切斷、剪

머리를 짧게 자르다.

把頭髮剪短。

mo*.ri.reul/jjap.ge/ja.reu.da

자리 ja.ri

名 座位

빈 자리.

空位。

bin/ja.ri

자신 ja.sin

名 自己

너는 너 자신에 대해서 잘 아니?

你很了解自己嗎？

no*.neun/no*/ja.si.ne/de*.he*.so*/jal/a.ni

자연 ja.yo*n

名 自然

자연 환경.

自然環境。

ja.yo*n/hwan.gyo*ng

자유 ja.yu

名 自由

225 track

►자유 시간.

自由時間。
ja.yu/si.gan

자장면 ja.jang.myo*n
名 炸醬麵

►우리 자장면 먹자!

我們來吃炸醬麵吧！
u.ri/ja.jang.myo*n/mo*k.jja

자전거 ja.jo*n.go*
名 腳踏車

►자전거를 타다.

騎腳踏車。
ja.jo*n.go*.reul/ta.da

자주 ja.ju
副 常常、時常

►자주 엄마 생각이 나요.

時常想起媽媽。
ja.ju/o*m.ma/se*ng.ga.gi/na.yo

작년 jang.nyo*n
名 去年

►작년부터 이 일을 계속 하고 있다.

從去年開始就一直做這件事。
jang.nyo*n.bu.to*/i/i.reul/gye.sok/ha.go/it.da

작다 jak.da
形 小

track 226

➡손이 작다.

手小。

so.ni/jak.da

작은아버지	ja.geu.na.bo*.ji
✏名 叔叔	

작은어머니	ja.geu.no*.mo*.ni
✏名 嬸嬸	

잔	jan
✏量 ①杯（前面接固有數詞） ②杯子	

➡커피 한 잔 주세요.

請給我一杯咖啡。

ko*.pi/han/jan/ju.se.yo

잔치	jan.chi
✏名 宴會、酒席	

➡결혼 잔치.

結婚酒席。

gyo*l.hon/jan.chi

잘	jal
✏副 好好地、很會	

➡그 아이는 글을 잘 쓴다.

那個孩子很會寫文章。

geu.a.i.neun/geu.reul/jjal/sseun.da

잘못	jal.mot
✏副名 錯、不對	

▶그건 내 잘못이 아니야.
那不是我的錯。
geu.go*n/ne*/jal.mo.si/a.ni.ya

잘생기다　jal.sse*ng.gi.da
✏ 動　長得好看

▶이 남자아이가 정말 잘생겼네요.
這個小男孩長得真不錯耶！
i/nam.ja.a.i.ga/jo*ng.mal/jjal.sse*ng.gyo*n.ne.yo

잘하다　jal.ha.da
✏ 動　做的好、擅長

▶공부를 잘하다.
擅長讀書。
gong.bu.reul/jjal.ha.da

잠　jam
✏ 名　睡覺、沉睡

▶잠이 안 온다.
睡不著。
ja.mi/an/on.da

잠깐　jam.gan
✏ 名副　一會兒

▶잠깐만 기다려 주세요.
請稍等一會兒。
jam.gan.man/gi.da.ryo*/ju.se.yo

잠시　jam.si
✏ 副名　暫時

track 228

▶잠시 쉽시다.

暫時休息一下吧！

jam.si/swip.ssi.da

잠자다 jam.ja.da

動 睡覺

▶지금은 잠잘 시간이에요.

現在是睡覺時間。

ji.geu.meun/jam.jal/ssi.ga.ni.e.yo

잡다 jap.da

動 抓、握、掌握

▶도둑을 잡다.

抓小偷。

do.du.geul/jjap.da

잡수다 jap.ssu.da

動 吃（먹다的敬語）

▶이 반찬을 잡수어 보세요.

請吃看看這道菜。

i/ban.cha.neul/jjap.ssu.o*/bo.se.yo

잡지 jap.jji

名 雜誌

▶유행 잡지.

流行雜誌。

yu.he*ng/jap.jji

장 jang

量 張

▶종이 한 장.

一張紙。

jong.i/han/jang

장갑 jang.gap

名 手套

▶가죽 장갑.

皮革手套。

ga.juk/jang.gap

장마 jang.ma

名 梅雨

▶장마가 걷히다.

梅雨停歇。

jang.ma.ga/go*.chi.da

장마철 jang.ma.cho*l

名 梅雨季

▶장마철로 접어들다.

進入梅雨季。

jang.ma.cho*l.lo/jo*.bo*.deul.da

장미 jang.mi

名 玫瑰

▶장미빛.

玫瑰色。

jang.mi.bit

장소 jang.so

名 場所、地方

 track 230

▶만날 장소를 정했어요?

決定好見面的場所了嗎？

man.nal/jjang.so.reul/jjo*ng.he*.sso*.yo

장점 jang.jo*m

名 長處、優點

▶자기의 장점을 살리다.

發揮自己的長處。

ja.gi.ui/jang.jo*.meul/ssal.li.da

재료 je*.ryo

名 材料

▶이건 무슨 재료로 만들었어요?

這是用什麼材料做的？

i.go*n/mu.seun/je*.ryo.ro/man.deu.ro*.sso*.yo

재미없다 je*.mi.o*p.da

形 沒意思、無趣

▶재미없는 이야기.

無趣的故事。

je*.mi.o*m.neun/i.ya.gi

재미있다 je*.mi.it.da

形 有意思、有趣

▶이 영화가 참 재미있다.

這部電影真有意思。

i/yo*ng.hwa.ga/cham/je*.mi.it.da

재킷 je*.kit

名 夾克

➜가죽 재킷.

皮革夾克。

ga.juk/je*.kit

저	jo*
冠代 那	

➜저 건물을 보세요.

請看那棟建築物。

jo*/go*n.mu.reul/bo.se.yo

저	jo*
代 我	

➜저는 회사원입니다.

我是上班族。

jo*.neun/hwe.sa.wo.nim.ni.da

저거	jo*.go*
代 那個、那個東西（저것的口語）	

➜저거 주세요.

請給我那個。

jo*.go*/ju.se.yo

저것	jo*.go*t
代 那個	

➜저것보다 이것이 더 예쁘다.

這個比那個更漂亮。

jo*.go*t.bo.da/i.go*.si/do*/ye.beu.da

저곳	jo*.got
代 那地方	

 track 232

➔저곳은 고통사고가 나기 쉽다.

那地方容易發生車禍。
jo*.go.seun/go.tong.sa.go.ga/na.gi/swip.da

저기	jo*.gi
代 那裡、那兒	

➔저기는 어디입니까?

那裡是哪裡呢？
jo*.gi.neun/o*.di.im.ni.ga

저녁	jo*.nyo*k
名 晚上	

➔보통 저녁 6 시에 집에 돌아간다.

通常晚上 6 點回家。
bo.tong/jo*.nyo*k/yo*.so*t/si.e/ji.be/do.ra.gan.da

저녁	jo*.nyo*k
名 晚餐	

➔저녁밥.

晚餐。
jo*.nyo*k.bap

저분	jo*.bun
代 那位	

➔저분이 우리 대통령입니까?

那位是我們的總統嗎？
jo*.bu.ni/u.ri/de*.tong.nyo*ng.im.ni.ga

저쪽	jo*.jjok
代 那邊	

➜저쪽에 보이는 게 남산타워다.
那邊看到的是南山塔。
jo*.jjo.ge/bo.i.neun/ge/nam.san.ta.wo.da

저희 jo*.hi
代 我們

➜저희를 좀 도와 주세요.
請幫助我們。
jo*.hi.reul/jjom/do.wa/ju.se.yo

적다 jo*k.da
形 少

➜수량이 적다.
數量少。
su.ryang.i/jo*k.da

적다 jo*k.da
動 抄寫、紀錄

➜주소를 적어 주세요.
請寫下地址。
ju.so.reul/jjo*.go*/ju.se.yo

전 jo*n
冠 全體、整個

➜전 세계.
全世界。
jo*n/se.gye

전 jo*n
名 前、以前

 track 234

➜아침 8 시 전에 내 사무실로 와라.
早上 8 點前，來我的辦公室。
a.chim/yo*.do*l/si/jo*.ne/ne*/sa.mu.sil.lo/wa.ra

전공 jo*n.gong
✎ 名 主修、專門研究

➜전공이 뭐예요?
你主修什麼？
jo*n.gong.i/mwo.ye.yo

전하다 jo*n.ha.da
✎ 動 傳遞、流傳

➜편지를 전하다.
傳遞信件。
pyo*n.ji.reul/jjo*n.ha.da

전혀 jo*n.hyo*
✎ 副 全然、完全

➜전혀 몰라요.
全然不知。
jo*n.hyo*/mol.la.yo

전화 jo*n.hwa
✎ 名 電話

➜전화를 걸다.
打電話。
jo*n.hwa.reul/go*l.da

전화번호 jo*n.hwa.bo*n.ho
✎ 名 電話號碼

235 track

▸전화번호를 좀 알려 주세요.
請告訴我電話號碼。
jo*n.hwa.bo*n.ho.reul/jjom/al.lyo*/ju.se.yo

절 jo*l
✎ 名 寺、廟

▸오래된 절.
古寺。
o.re*.dwen/jo*l

젊다 jo*m.da
✎ 形 年輕

▸젊은 사람.
年輕人。
jo*l.meun/sa.ram

점수 jo*m.su
✎ 名 分數

▸좋은 점수를 얻다.
得到好的分數。
jo.eun/jo*m.su.reul/o*t.da

점심 jo*m.sim
✎ 名 午飯

▸점심밥.
午餐。
jo*m.sim.bap

점원 jo*.mwon
✎ 名 店員、推銷員

track 236

➜그녀는 백화점의 점원이다.

她是百貨公司的店員。
geu.nyo*.neun/be*.kwa.jo*.mui/jo*.mwo.ni.da

젓가락	jo*t.ga.rak
名 筷子	

➜젓가락으로 라면을 먹다.

用筷子吃泡麵。
jo*t.ga.ra.geu.ro/ra.myo*.neul/mo*k.da

정거장	jo*ng.go*.jang
名 車站、停車站（公車、列車）	

➜다음 정거장은 어디죠?

下一站是哪裡呢？
da.eum/jo*ng.go*.jang.eun/o*.di.jyo

정도	jo*ng.do
名 程度	

➜이 정도라면 충분해요.

這種程度就足夠了。
i.jo*ng.do.ra.myo*n/chung.bun.he*.yo

정류장	jo*ng.nyu.jang
名 車站（公車、計程車）	

➜버스정류장.

公車站。
bo*.seu.jo*ng.nyu.jang

정리하다	jo*ng.ni.ha.da
動 整理、整頓	

▶자료를 정리하다.
整理資料。
ja.ryo.reul/jjo*ng.ni.ha.da

정말	jo*ng.mal
副 真的	

▶그녀는 정말 예뻐요.
她真的很漂亮。
geu.nyo*.neun/jo*ng.mal/ye.bo*.yo

정문	jo*ng.mun
名 正門	

▶정문으로 들어가다.
從正門進入。
jo*ng.mu.neu.ro/deu.ro*.ga.da

정보	jo*ng.bo
名 情報、信息	

▶정보를 수집하다.
收集情報。
jo*ng.bo.reul/ssu.ji.pa.da

정하다	jo*ng.ha.da
動 決定	

▶날짜를 정하다.
決定日期。
nal.jja.reul/jjo*ng.ha.da

제목	je.mok
名 題目	

track 238

➜제목이 뭐야?

題目是什麼？

je.mo.gi/mwo.ya

제일	je.il
副 最、第一	

➜건강이 제일 중요하다.

健康最重要。

go*n.gang.i/je.il/jung.yo.ha.da

조금	jo.geum
副名 稍微、一點	

➜소금을 조금 넣으면 더 맛있다.

如果放一點鹽，會更好吃。

so.geu.meul/jjo.geum/no*.eu.myo*n/do*/ma.sit.da

조사하다	jo.sa.ha.da
動 調查	

➜사건을 조사하다.

調查案件。

sa.go*.neul/jjo.sa.ha.da

조심하다	jo.sim.ha.da
動 小心、謹慎	

➜운전할 때 조심하세요.

開車時，請小心。

un.jo*n.hal/de*/jo.sim.ha.se.yo

조용하다	jo.yong.ha.da
形 安靜	

239 track

▶조용한 교실.
安靜的教室。
jo.yong.han/gyo.sil

조용히	jo.yong.hi
副 安靜地	

▶조용히 하세요.
請安靜。
jo.yong.hi/ha.se.yo

조카	jo.ka
名 侄子、侄女	

졸업하다	jo.ro*.pa.da
動 畢業	

▶대학교를 졸업하다.
大學畢業。
de*.hak.gyo.reul/jjo.ro*.pa.da

좀	jom
副 稍微、有點	

▶이 옷은 좀 비싸다.
這衣服有點貴。
i/o.seun/jom/bi.ssa.da

좁다	jop.da
形 窄小、狹窄	

▶내 방은 아주 좁다.
我房間很窄小。
ne*/bang.eun/a.ju/jop.da

track 240

종류 jong.nyu
名 種類

어떤 종류를 원하세요?
您要哪種種類呢？
o*.do*n/jong.nyu.reul/won.ha.se.yo

종이 jong.i
名 紙

종이 위에 그림을 그리다.
在紙張上畫圖。
jong.i/wi.e/geu.ri.meul/geu.ri.da

종일 jong.il
名 終日、整天

하루종일.
一整天。
ha.ru.jong.il

좋다 jo.ta
形 好、喜歡

나는 네가 좋다.
我喜歡你。
na.neun/ne.ga/jo.ta

좋아하다 jo.a.ha.da
動 愛、喜歡

좋아하는 음식이 뭐예요?
你喜歡的食物是什麼？
jo.a.ha.neun/eum.si.gi/mwo.ye.yo

241 track

죄송하다 jwe.song.ha.da
形 抱歉、對不起

정말 죄송합니다.
真的很抱歉。
jo*ng.mal/jjwe.song.ham.ni.da

주 ju
名 週

이번 주.
這週。
i.bo*n/ju

주다 ju.da
動 給予

물 좀 주세요.
請給我一點水。
mul/jom/ju.se.yo

주로 ju.ro
副 主要地

주말에 주로 뭘 해요?
周末你主要在做什麼呢？
ju.ma.re/ju.ro/mwol/he*.yo

주말 ju.mal
名 週末

주말에 쇼핑하러 가자.
週末一起去購物吧！
ju.ma.re/syo.ping.ha.ro*/ga.ja

track 242

주머니 ju.mo*.ni
名 口袋、荷包

▶바지 주머니.
褲子的口袋。
ba.ji/ju.mo*.ni

주무시다 ju.mu.si.da
動 睡覺（자다的敬語）

▶할아버지, 얼른 주무세요.
爺爺，快點睡覺吧！
ha.ra.bo*.ji//o*l.leun/ju.mu.se.yo

주문하다 ju.mun.ha.da
動 訂購、點餐

▶손님, 주문하셨어요?
先生（小姐），您點餐了嗎？
son.nim//ju.mun.ha.syo*.sso*.yo

주변 ju.byo*n
名 周邊、周圍

▶주변에 아무도 없다.
周邊沒有人。
ju.byo*.ne/a.mu.do/o*p.da

주부 ju.bu
名 主婦

▶가정주부.
家庭主婦。
ga.jo*ng.ju.bu

243 track

주사　ju.sa
名　注射

주사를 맞다.
打針。
ju.sa.reul/mat.da

주소　ju.so
名　地址

주소가 어떻게 되십니까?
您的地址是哪裡？
ju.so.ga/o*.do*.ke/dwe.sim.ni.ga

주스　ju.seu
名　果汁

아이가 포도 주스를 마셔요.
小孩在喝葡萄果汁。
a.i.ga/po.do/ju.seu.reul/ma.syo*.yo

주위　ju.wi
名　周圍

집 주위.
家的周圍。
jip/ju.wi

주인　ju.in
名　主人、所有者

주인공.
主人翁。
ju.in.gong

track 244

주차장 ju.cha.jang
名 停車場

무료 주차장.
免費停車場。
mu.ryo/ju.cha.jang

주차하다 ju.cha.ha.da
動 停車

가게 앞에서 주차하지 마세요.
請勿在店家前面停車。
ga.ge/a.pe.so*/ju.cha.ha.ji/ma.se.yo

죽 juk
名 粥

호박죽.
南瓜粥。
ho.bak.jjuk

죽다 juk.da
動 死

우리 집 강아지가 어제 죽었다.
我們家小狗昨天死掉了。
u.ri.jip/gang.a.ji.ga/o*.je/ju.go*t.da

준비하다 jun.bi.ha.da
動 準備

시험을 준비하다.
準備考試。
si.ho*.meul/jjun.bi.ha.da

 245 track

줄	jul
名 繩子、行列	

➜줄을 서다.
排隊。
ju.reul/sso*.da

줄다	jul.da
動 縮小、減少	

➜매출이 점점 줄다.
銷售漸漸減少。
me*.chu.ri/jo*m.jo*m/jul.da

중	jung
名 中、中間	

➜수업 중.
上課中。
su.o*p/jung

중국	jung.guk
地 中國	

➜중국인민은행.
中國人民銀行。
jung.gu.gin.mi.neun.he*ng

중국어	jung.gu.go*
名 中文	

➜중국어로 설명하다.
用中文說明。
jung.gu.go*.ro/so*l.myo*ng.ha.da

track 246

중심 jung.sim
名 中心

도시 중심.
都市中心。
do.si/jung.sim

중요하다 jung.yo.ha.da
形 重要

이 부분은 매우 중요하다.
這一部份非常重要。
i.bu.bu.neun/me*.u/jung.yo.ha.da

중학교 jung.hak.gyo
名 國中

즐거워하다 jeul.go*.wo.ha.da
動 愉快、高興

함께 즐거워하다.
一起同樂。
ham.ge/jeul.go*.wo.ha.da

즐겁다 jeul.go*p.da
形 高興、愉快

즐거운 일.
愉快的事。
jeul.go*.un/il

즐기다 jeul.gi.da
動 享受、歡度、樂於

247 track

▸자연을 즐기다.
享受自然。
ja.yo*.neul/jjeul.gi.da

증세 jeung.se
✏名 病情、症狀

▸증세가 점점 나아지다.
病情漸漸好轉。
jeung.se.ga/jo*m.jo*m/na.a.ji.da

지갑 ji.gap
✏名 錢包

▸지갑 안에 돈이 하나도 없다.
錢包裡一點錢也沒有。
ji.gap/a.ne/do.ni/ha.na.do/o*p.da

지금 ji.geum
✏副名 現在

▸지금 뭘 하고 있니?
你現在在做什麼？
ji.geum/mwol/ha.go/in.ni

지나다 ji.na.da
✏動 經過、過去

▸이미 십년이 지났다.
已經過了10年。
i.mi/sim.nyo*.ni/ji.nat.da

지난달 ji.nan.dal
✏名 上個月

track 248

➜저는 지난달에 결혼했어요.
我上個月結婚了。
jo*.neun/ji.nan.da.re/gyo*l.hon.he*.sso*.yo

지난번 ji.nan.bo*n
名 上次

➜지난번에 약속한 것은 기억하니?
上次約定好的事，還記得嗎？
ji.nan.bo*.ne/yak.sso.kan/go*.seun/gi.o*.ka.ni

지난주 ji.nan.ju
名 上週

➜지난주에 우리 만난 적 있죠?
上週我們見過面吧？
ji.nan.ju.e/u.ri/man.nan/jo*k/it.jjyo

지내다 ji.ne*.da
動 過（日子）

➜그동안 잘 지냈어요?
最近過得好嗎？
geu.dong.an/jal/jji.ne*.sso*.yo

지도 ji.do
名 地圖

➜전국 지도.
全國地圖。
jo*n.guk.jji.do

지방 ji.bang
名 地方、地區

249 track

▶남부 지방.
南部地方。
nam.bu/ji.bang

지키다	ji.ki.da
✏ 動 ①遵守 ②守護、看守	

▶비밀을 지키다.
守密。
bi.mi.reul/jji.ki.da

지하	ji.ha
✏ 名 地下	

▶지하 2층.
地下2樓。
ji.ha/i.cheung

지하철	ji.ha.cho*l
✏ 名 地鐵	

▶지하철을 타다.
搭地鐵。
ji.ha.cho*.reul/ta.da

직업	ji.go*p
✏ 名 職業	

▶당신의 직업이 뭐예요?
您的職業是什麼？
dang.si.nui/ji.go*.bi/mwo.ye.yo

직원	ji.gwon
✏ 名 職員	

 track 250

▶저는 이 회사의 직원입니다.
我是這間公司的職員。
jo*.neun/i.hwe.sa.ui/ji.gwo.nim.ni.da

직장 jik.jjang
名 職場、工作崗位

▶직장에 다니다.
上班。
jik.jjang.e/da.ni.da

직접 jik.jjo*p
副 直接

▶그 사람에게 직접 물어 봐.
直接詢問那個人吧！
geu/sa.ra.me.ge/jik.jjo*p/mu.ro*/bwa

질 jil
名 品質

▶품질.
品質。
pum.jil

질문 jil.mun
名 詢問、提問

▶질문이 있습니까?
有問題要問嗎？
jil.mu.ni/it.sseum.ni.ga

짐 jim
名 行李

▶집을 옮기다.
搬行李。
ji.meul/om.gi.da

집	jip
名 家、房屋	

▶집에 아무도 없다.
家裡沒有人。
ji.be/a.mu.do/o*p.da

짓다	jit.da
動 做、蓋	

▶집을 짓다.
蓋房子。
ji.beul/jjit.da

짜다	jja.da
形 鹹	

▶음식이 너무 짜다.
食物太鹹了。
eum.si.gi/no*.mu/jja.da

짧다	jjal.da
形 短	

▶짧은 머리.
短髮。
jjal.beun/mo*.ri

쪽	jjok
名 頁	

 track 252

▶몇 쪽까지 읽어야 돼요?

要讀到第幾頁呢？
myo*t/jjok.ga.ji/il.go*.ya/dwe*.yo

쯤	jjeum
接 左右、程度	

▶그는 내일쯤 도착할 것이다.

他大概明天會到。
geu.neun/ne*.il.jjeum/do.cha.kal/go*.si.da

찌개	jji.ge*
名 燉菜、燉肉鍋	

▶순두부찌개.

嫩豆腐鍋。
sun.du.bu.jji.ge*

찍다	jjik.da
動 ①蓋（章） ②拍（照片）	

▶도장을 찍다.

蓋印章。
do.jang.eul/jjik.da

253 track

ㅊ

차	cha
名 車	

➜차를 타다.
搭車。
cha.reul/ta.da

차	cha
名 茶	

➜국화차.
菊花茶。
gu.kwa.cha

차갑다	cha.gap.da
形 涼、冷	

➜차가운 물.
冷水。
cha.ga.un/mul

차다	cha.da
動 踢	

➜공을 차다.
踢球。
gong.eul/cha.da

차리다	cha.ri.da
動 準備（飯菜）、置辦（宴席）	

track 254

▸음식을 차리다.

準備飲食。

eum.si.geul/cha.ri.da

착하다	cha.ka.da
形 善良	

▸착한 사람.

善良的人。

cha.kan/sa.ram

참	cham
副 真正、真	

▸참 고맙다.

真謝謝你。

cham/go.map.da

창문	chang.mun
名 窗戶	

▸창문을 닫다.

關窗戶。

chang.mu.neul/dat.da

찾다	chat.da
動 找、尋找	

▸사람을 찾다.

找人。

sa.ra.meul/chat.da

찾아가다	cha.ja.ga.da
動 去訪問、去拜訪	

255 track

▸그녀를 보러 집으로 찾아갔다.
為了看她，去她家拜訪。
geu.nyo*.reul/bo.ro*/ji.beu.ro/cha.ja.gat.da

찾아오다 cha.ja.o.da
✏ 動 來訪問、來拜訪

▸따뜻한 봄이 찾아왔어요.
溫暖的春天來臨了。
da.deu.tan/bo.mi/cha.ja.wa.sso*.yo

채소 che*.so
✏ 名 蔬菜

▸채소를 심다.
種蔬菜。
che*.so.reul/ssim.da

책 che*k
✏ 名 書、書籍、冊

▸만화책.
漫畫書。
man.hwa.che*k

책상 che*k.ssang
✏ 名 書桌

▸책상 앞에 앉다.
坐在書桌前面。
che*k.ssang/a.pe/an.da

책장 che*k.jjang
✏ 名 書櫃

track 256

▶책을 책장에 놓다.
將書放在書櫃上。
che*.geul/che*k.jjang.e/no.ta

처음	cho*.eum
名副 初次、第一次	

▶여기 처음 왔어요.
第一次來這裡。
yo*.gi/cho*.eum/wa.sso*.yo

천	cho*n
數 千	

▶녹차 한 잔에 이천 원이에요.
綠茶一杯兩千韓元。
nok.cha/han/ja.ne/i.cho*n/wo.ni.e.yo

천천히	cho*n.cho*n.hi
副 慢慢地	

▶천천히 말씀해 주세요.
請慢慢說。
cho*n.cho*n.hi/mal.sseum.he*/ju.se.yo

철	cho*l
名 季節	

▶봄철.
春季。
bom.cho*l

첫	cho*t
冠接 第一次	

257 track

▶첫사랑.

初戀。

cho*t.ssa.rang

첫째	cho*t.jje*
✏ 名 數　第一	

▶첫째 임무.

第一項任務。

cho*t.jje*/im.mu

청바지	cho*ng.ba.ji
✏ 名　牛仔褲	

▶디자인이 좋은 청바지.

設計不錯的牛仔褲。

di.ja.i.ni/jo.eun/cho*ng.ba.ji

청소기	cho*ng.so.gi
✏ 名　吸塵器	

▶청소기로 청소하다.

用吸塵器打掃。

cho*ng.so.gi.ro/cho*ng.so.ha.da

청소하다	cho*ng.so.ha.da
✏ 動　打掃	

▶집을 청소하다.

打掃家裡。

ji.beul/cho*ng.so.ha.da

초대하다	cho.de*.ha.da
✏ 動　①邀請　②招待	

track 258

➔손님을 초대하다.
招待客人。
son.ni.meul/cho.de*.ha.da

초등학교 cho.deung.hak.gyo
名 小學

초록색 cho.rok.sse*k
名 草綠色

➔초록빛.
草綠色。
cho.rok.bit

초코렛 cho.kol.lit
名 巧克力

➔초코렛 케이크.
巧克力蛋糕。
cho.ko.ret/ke.i.keu

촬영하다 chwa.ryo*ng.ha.da
動 攝影

➔영화를 촬영하다.
拍電影。
yo*ng.hwa.reul/chwa.ryo*ng.ha.da

최고 chwe.go
名 最好、最棒

➔우리 아빠가 최고다!
我的爸爸最棒！
u.ri/a.ba.ga/chwe.go.da

259 track

추다 chu.da
✏ 動 跳（舞）

▶춤을 추다.
跳舞。
chu.meul/chu.da

추석 chu.so*k
✏ 名 中秋

▶추석은 큰 명절이다.
中秋是大節日。
chu.so*.geun/keun/myo*ng.jo*.ri.da

추억 chu.o*k
✏ 名 回憶、回想

▶아름다운 추억에 잠기다.
沉浸在美好的回憶中。
a.reum.da.un/chu.o*.ge/jam.gi.da

축구 chuk.gu
✏ 名 足球

▶축구 선수.
足球選手。
chuk.gu/so*n.su

축제 chuk.jje
✏ 名 慶典

▶축제 행사.
慶典活動。
chuk.jje/he*ng.sa

track 260

축하하다 chu.ka.ha.da
動 祝賀、恭喜

→결혼을 축하하다.
祝賀結婚。
gyo*l.ho.neul/chu.ka.ha.da

출구 chul.gu
名 出口

→일번 출구.
1號出口。
il.bo*n/chul.gu

출근하다 chul.geun.ha.da
動 上班

→지금이 출근하는 시간이에요.
現在是上班時間。
ji.geu.mi/chul.geun.ha.neun/si.ga.ni.e.yo

출발하다 chul.bal.ha.da
動 出發

→이제 출발합시다.
現在出發囉！
i.je/chul.bal.hap.ssi.da

출장 chul.jang
名 出差

→그는 미국에 출장 갔다.
他去美國出差了。
geu.neun/mi.gu.ge/chul.jang/gat.da

261 track

춤	chum
名 舞蹈	

➜탈춤.
假面舞。
tal.chum

춤추다	chum.chu.da
動 跳舞	

➜신나게 춤을 추다.
興高采烈地跳舞。
sin.na.ge/chu.meul/chu.da

춥다	chup.da
形 冷	

➜추워서 외투를 입었다.
天氣冷所以穿了外套。
chu.wo.so*/we.tu.reul/i.bo*t.da

취미	chwi.mi
名 興趣、愛好	

➜제 취미는 독서입니다.
我的興趣是讀書。
je/chwi.mi.neun/dok.sso*.im.ni.da

취소하다	chwi.so.ha.da
動 取消	

➜약속을 취소하자.
取消約定吧！
yak.sso.geul/chwi.so.ha.ja

track 262

취직하다　chwi.ji.ka.da

動　就業

여기에 취직하다.

在這裡就業。

yo*.gi.e/chwi.ji.ka.da

층　cheung

名　層

화장실은 몇 층입니까?

廁所在幾樓呢？

hwa.jang.si.reun/myo*t/cheung.im.ni.ga

치과　chi.gwa

名　牙科

치과 의사.

牙科醫生。

chi.gwa/ui.sa

치다　chi.da

動　①打（球）　②彈（鋼琴）

테니스를 치다.

打網球。

te.ni.seu.reul/chi.da

치료하다　chi.ryo.ha.da

動　治療

병을 치료하다.

治病。

byo*ng.eul/chi.ryo.ha.da

263 track

치마 chi.ma
✏ 名 裙子

➜ 긴 치마.
長裙。
gin/chi.ma

치약 chi.yak
✏ 名 牙膏

➜ 치약을 한 통 샀다.
買了一條牙膏。
chi.ya.geul/han/tong/sat.da

친구 chin.gu
✏ 名 朋友

➜ 친구와 같이 놀다.
和朋友一起玩。
chin.gu.wa/ga.chi/nol.da

친절하다 chin.jo*l.ha.da
✏ 形 親切

➜ 친절한 아줌마.
親切的阿姨。
chin.jo*l.han/a.jum.ma

친척 chin.cho*k
✏ 名 親戚

➜ 친척 집에 가다.
去親戚家。
chin.cho*k.jji.be/ga.da

track 264

친하다	chin.ha.da
形 親近、親密	

➜그녀는 내 친한 친구다.

她是我很要好的朋友。

geu.nyo*.neun/ne*/chin.han/chin.gu.da

칠판	chil.pan
名 黑板	

➜칠판에 낙서하다.

在黑板上塗鴉。

chil.pa.ne/nak.sso*.ha.da

침대	chim.de*
名 床	

➜침대에 눕다.

躺在床上。

chim.de*.e/nup.da

칫솔	chit.ssol
名 牙刷	

➜칫솔로 이를 닦다.

用牙刷刷牙。

chit.ssol.lo/i.reul/dak.da

265 track

카드 ka.deu
名 卡片、賀卡

▶생일 카드.
生日卡片。
se*ng.il/ka.deu

카레 ka.re
名 咖哩

▶카레 가루.
咖哩粉。
ka.re.ga.ru

카메라 ka.me.ra
名 照相機

▶카메라로 사진을 찍다.
用相機拍照。
ka.me.ra.ro/sa.ji.neul/jjik.da

카페 ka.pe
名 咖啡廳

▶노천카페.
露天咖啡廳。
no.cho*n.ka.pe

칼 kal
名 刀子

track 266

➜부엌 칼.

菜刀 / 廚房用刀。
bu.o*k.kal

커피	ko*.pi
✏ 名 咖啡	

➜모카커피.

摩卡咖啡。
mo.ka.ko*.pi

커피숍	ko*.pi.syop
✏ 名 咖啡店	

➜커피숍에서 일하다.

在咖啡店工作。
ko*.pi.syo.be.so*/il.ha.da

컴퓨터	ko*m.pyu.to*
✏ 名 電腦	

➜컴퓨터로 정보를 검색하다.

用電腦查資訊。
ko*m.pyu.to*.ro/jo*ng.bo.reul/go*m.se*.ka.da

컵	ko*p
✏ 名 杯子	

➜유리 컵.

玻璃杯。
yu.ri/ko*p

케이크	ke.i.keu
✏ 名 蛋糕	

➜치즈케이크.
起司蛋糕。
chi.jeu.ke.i.keu

켜다	kyo*.da
✏ 動 開（燈）	

➜불을 켜다.
開燈。
bu.reul/kyo*.da

코	ko
✏ 名 鼻子	

➜코끝.
鼻尖。
ko.geut

코트	ko.teu
✏ 名 外套、大衣	

➜두꺼운 코트.
厚外套。
du.go*.un/ko.teu

코피	ko.pi
✏ 名 鼻血	

➜코피가 나다.
流鼻血。
ko.pi.ga/na.da

콜라	kol.la
✏ 名 可樂	

track 268

콜라 큰 걸로 주세요.
請給我大杯的可樂。
kol.la/keun/go*l.lo/ju.se.yo

콧물　kon.mul
名　鼻涕

감기에 걸려서 계속 콧물이 나와요.
因為感冒，所以一直流鼻涕。
gam.gi.e/go*l.lyo*.so*/gye.sok/kon.mu.ri/na.wa.yo

콩　kong
名　大豆、黃豆

콩가루.
豆粉。
kong.ga.ru

크기　keu.gi
名　大小

크기가 적당하다.
大小適中。
keu.gi.ga/jo*k.dang.ha.da

크다　keu.da
形　大

이 집은 너무 크다.
這個家太大。
i/ji.beun/no*.mu/keu.da

크리스마스　keu.ri.seu.ma.seu
名　聖誕節

269 track

▸크리스마스를 보내다.
度過聖誕節。
keu.ri.seu.ma.seu.reul/bo.ne*.da

큰아버지 keu.na.bo*.ji
✏名 伯父

큰어머니 keu.no*.mo*.ni
✏名 伯母

키 ki
✏名 個子、身高

▸키가 크다.
個子高。
ki.ga/keu.da

킬로그램 kil.lo.geu.re*m
✏名 公斤

킬로미터 kil.lo.mi.to*
✏名 公里

track 270

ㅌ

타다　ta.da

動　騎、乘、坐

▶비행기를 타다.
搭飛機。
bi.he*ng.gi.reul/ta.da

탁구　tak.gu

名　桌球、乒乓球

▶탁구를 치다.
打桌球。
tak.gu.reul/chi.da

태국　te*.guk

地　泰國

▶태국의 수도는 방콕입니다.
泰國的首都是曼谷。
te*.gu.gui/su.do.neun/bang.ko.gim.ni.da

태권도　te*.gwon.do

名　跆拳道

▶태권도 선수.
跆拳道選手。
te*.gwon.do/so*n.su

태어나다　te*.o*.na.da

動　出生

271 track

➜제 동생이 오늘 태어났습니다.
我弟弟今天出生了。
je/dong.se*ng.i/o.neul/te*.o*.nat.sseum.ni.da

태풍	te*.pung
名 颱風	

➜태풍 경보.
颱風警報。
te*.pung/gyo*ng.bo

택시	te*k.ssi
名 計程車	

➜택시를 부르다.
叫計程車。
te*k.ssi.reul/bu.reu.da

탤런트	te*l.lo*n.teu
名 （電視）演員	

터미널	to*.mi.no*l
名 總站、終站（火車、公車）	

➜버스 터미널.
公共汽車總站。
bo*.seu/to*.mi.no*l

테니스	te.ni.seu
名 網球	

➜테니스공.
網球。
te.ni.seu.gong

track 272

테이블　te.i.beul
✎ 名　桌子

텔레비전　tel.le.bi.jo*n
✎ 名　電視

▶텔레비전을 시청하다.
收看電視。
tel.le.bi.jo*.neul/ssi.cho*ng.ha.da

토마토　to.ma.to
✎ 名　蕃茄

▶토마토 소스.
蕃茄醬。
to.ma.to.so.seu

토요일　to.yo.il
✎ 名　星期六

통　tong
✎ 量　封、份、通

▶편지가 한 통도 없다.
一封信也沒有。
pyo*n.ji.ga/han/tong.do/o*p.da

통장　tong.jang
✎ 名　存摺

▶저금 통장.
存款簿。
jo*.geum/tong.jang

273 track

통하다 tong.ha.da
動 相通、通往

➜말이 통하지 않다.
溝通不良。
ma.ri/tong.ha.ji/an.ta

퇴근하다 twe.geun.ha.da
動 下班

➜지금 퇴근하세요.
你現在下班吧！
ji.geum/twe.geun.ha.se.yo

특별히 teuk.byo*l.hi
副 特別地、特意、專程

➜이 요리를 특별히 좋아해요.
特別喜歡這個料理。
i/yo.ri.reul/teuk.byo*l.hi/jo.a.he*.yo

특징 teuk.jjing
名 特徵

➜그 사람의 특징이 뭐야?
那個人的特徵是什麼？
geu/sa.ra.mui/teuk.jjing.i/mwo.ya

특히 teuk.gi
副 特別、尤其

➜특히 좋아하는 운동이 있어요?
有特別喜歡的運動嗎？
teu.ki/jo.a.ha.neun/un.dong.i/i.sso*.yo

 track 274

틀다	teul.da
動 扭、開（電器）	

➜선풍기를 틀다.
打開電風扇。
so*n.pung.gi.reul/teul.da

틀리다	teul.li.da
動 錯、不對	

➜답이 틀리다.
答案錯誤。
da.bi/teul.li.da

티셔츠	ti.syo*.cheu
名 T恤	

➜짧은 소매 티셔츠.
短袖T恤。
jjal.beun/so.me*/ti.syo*.cheu

팀	tim
名 隊、組	

➜팀장.
隊長。
tim.jang

275 track

● ㅍ

파	pa
名 蔥	

➜요리에 파를 넣지 마세요.
請不要在菜裡放蔥。
yo.ri.e/pa.reul/no*.chi/ma.se.yo

파란색	pa.ran.se*k
名 藍色	

➜파란색 모자.
藍色的帽子。
pa.ran.se*k/mo.ja

파랗다	pa.ra.ta
形 藍	

➜하늘이 파랗다.
天空藍。
ha.neu.ri/pa.ra.ta

파티	pa.ti
名 派對	

➜생일 파티.
生日派對。
se*ng.il/pa.ti

팔	pal
名 手臂、胳膊	

track 276

➜팔을 들다.

舉起手臂。

pa.reul/deul.da

팔 pal

✏ 數 八

팔다 pal.da

✏ 動 賣、出售

➜이 상품은 다 팔았어요.

這件商品全部售完。

i.sang.pu.meun/da/pa.ra.sso*.yo

팔리다 pal.li.da

✏ 動 被賣

➜이 옷은 잘 팔린다.

這衣服賣得很好。

i.o.seun/jal/pal.lin.da

패션 pe*.syo*n

✏ 名 時裝

➜패션쇼.

時裝秀。

pe*.syo*n.syo

펴다 pyo*.da

✏ 動 打開、翻開

➜책을 펴다.

翻開書。

che*.geul/pyo*.da

277 track

편　pyo*n
量　篇、部

영화 한 편을 봤다.
看了一部電影。
yo*ng.hwa/han/pyo*.neul/bwat.da

편지　pyo*n.ji
名　信、書信

연애 편지.
情書。
yo*.ne*.pyo*n.ji

편하다　pyo*n.ha.da
形　方便、舒服

편한 자세.
舒服的姿勢。
pyo*n.han/ja.se

평일　pyo*ng.il
名　平日

평일에는 일해야 돼요.
平日要工作。
pyo*ng.i.re.neun/il.he*.ya/dwe*.yo

포도　po.do
名　葡萄

포도밭.
葡萄園。
po.do.bat

track 278

포장하다　po.jang.ha.da

動　包裝

➡따로따로 포장해 주세요.

請幫我分開包裝。

da.ro.da.ro/po.jang.he*/ju.se.yo

표　pyo

名　票

➡차표.

車票。

cha.pyo

표현　pyo.hyo*n

名　表現、表達

➡표현 방법.

表現方法。

pyo.hyo*n.bang.bo*p

푹　puk

副　充分地、好好地

➡집에서 푹 쉬세요.

請在家好好休息。

ji.be.so*/puk/swi.se.yo

풀　pul

名　草

➡양이 풀을 먹다.

羊吃草。

yang.i/pu.reul/mo*k.da

279 track

풀다 pul.da
動 解開

▶문제를 풀다.
解開問題。
mun.je.reul/pul.da

프로그램 peu.ro.geu.re*m
名 節目

▶여행 프로그램.
旅遊節目。
yo*.he*ng.peu.ro.geu.re*m

피곤하다 pi.gon.ha.da
形 疲累、累

▶피곤한 모습.
疲累的模樣。
pi.gon.han/mo.seup

피다 pi.da
動 開（花）

▶꽃이 피다.
開花。
go.chi/pi.da

피아노 pi.a.no
名 鋼琴

▶피아노를 치다.
彈琴。
pi.a.no.reul/chi.da

track 280

피우다	pi.u.da
動 抽（菸）	

➡담배를 피우다.

抽菸。

dam.be*.reul/pi.u.da

피자	pi.ja
名 披薩	

➡피자 한 조각.

一塊披薩。

pi.ja/han/jo.gak

필름	pil.leum
名 膠卷、底片	

➡사진 필름.

照相底片。

sa.jin.pil.leum

필요하다	pi.ryo.ha.da
形 需要、必需	

➡시간이 필요하다.

需要時間。

si.ga.ni/pi.ryo.ha.da

필통	pil.tong
名 筆筒、鉛筆盒	

➡연필을 필통 안에 넣다.

將鉛筆放入鉛筆盒內。

yo*n.pi.reul/pil.tong/a.ne/no*.ta

280~281 track

● ㅎ

하나 ha.na

數 一

▶그것을 하나 주세요.

那個請給我一個。

geu/go*.seul/ha.na/ju.se.yo

하늘 ha.neul

名 天空

▶새가 하늘에서 날고 있다.

鳥在天空飛翔。

se*.ga/ha.neu.re.so*/nal.go/it.da

하늘색 ha.neul.sse*k

名 天空色

하다 ha.da

動 做、辦

▶일을 하다.

做事。

i.reul/ha.da

하루 ha.ru

名 一天

▶하루 안에 일을 다 끝냈다.

一天內將事情做完了。

ha.ru/a.ne/i.reul/da/geun.ne*t.da

track 282

하숙 ha.suk
名 寄宿

➡학교 근처에 있는 하숙집에서 살아요.
住在學校附近的寄宿屋。
hak.gyo/geun.cho*.e/in.neun/ha.suk.jji.be.so*/sa.ra.yo

하얀색 ha.yan.se*k
名 白色

➡이 스타일은 하얀색이 없나요?
這種款式沒有白色的嗎？
i/seu.ta.i.reun/ha.yan.se*.gi/o*m.na.yo

하얗다 ha.ya.ta
形 白

➡머리가 하얗다.
頭髮白。
mo*.ri.ga/ha.ya.ta

하지만 ha.ji.man
副 可是

➡사고 싶어요. 하지만 돈이 없어요.
我想買，可是沒有錢。
sa.go/si.po*.yo//ha.ji.man/do.ni/o*p.sso*.yo

학교 hak.gyo
名 學校

➡어느 학교에 다녀요?
你在哪間學校上學？
o*.neu/hak.gyo.e/da.nyo*.yo

283 track

학기 hak.gi

名 學期

➜ 학기말.

學期末。

hak.gi.mal

학년 hang.nyo*n

名 學年、年級

➜ 학생, 몇 학년이야?

學生，你幾年級？

hak.sse*ng//myo*t/hang.nyo*.ni.ya

학생 hak.sse*ng

名 學生

학생증 hak.sse*ng.jeung

名 學生證

➜ 학생증을 보여 주세요.

請出示學生證。

hak.sse*ng.jeung.eul/bo.yo*/ju.se.yo

학원 ha.gwon

名 學院、補習班

➜ 영어 학원.

英文補習班。

yo*ng.o*.ha.gwon

한 han

冠 一、一個（後面接量詞）

track 284

➡도서관에 가서 책 한 권을 빌렸어요.
去圖書館借了一本書。
do.so*.gwa.ne/ga.so*/che*k/han/gwo.neul/bil.lyo*.sso*.yo

한국 han.guk
✏ 地 韓國

➡한국에 가 본 적이 있나요?
你去過韓國嗎？
han.gu.ge/ga/bon/jo*.gi/in.na.yo

한국어 han.gu.go*
✏ 名 韓國語

➡한국어학과.
韓國語言學系。
han.gu.go*.hak.gwa

한글 han.geul
✏ 名 韓國文字

➡한글로 쓰다.
用韓文字寫。
han.geul.lo/sseu.da

한 번 han.bo*n
✏ 名 一次

➡다시 한 번.
再一次。
da.si/han.bo*n

한복 han.bok
✏ 名 韓服

285 track

→한복을 입은 여자는 정말 아름다워요.
穿韓服的女子真的很漂亮。
han.bo.geul/i.beun/yo*.ja.neun/jo*ng.mal/a.reum.da.wo.yo

한식	han.sik
名 韓國料理	

→한식당.
韓國料理店。
han.sik.dang

한자	han.ja
名 漢字	

→한자를 읽을 줄 아세요?
您看得懂漢字嗎？
han.ja.reul/il.geul/jjul/a.se.yo

할머니	hal.mo*.ni
名 奶奶	

할아버지	ha.ra.bo*.ji
名 爺爺	

할인	ha.rin
名 折扣	

→할인 기간.
打折期間。
ha.rin.gi.gan

함께	ham.ge
副 一起	

track 286

▶함께 공부하다.
一起讀書。
ham.ge/gong.bu.ha.da

합격 hap.gyo*k
名 合格

▶합격자.
合格者。
hap.gyo*k.jja

항상 hang.sang
副 總是、經常

▶나는 항상 혼자서 영화를 본다.
我經常一個人看電影。
na.neun/hang.sang/hon.ja.so*/yo*ng.hwa.reul/bon.da

해 he*
名 太陽

▶해가 뜨다.
太陽升起。
he*.ga/deu.da

해외 he*.we
名 海外

▶해외 시장.
海外市場。
he*.we/si.jang

해외여행 he*.we.yo*.he*ng
名 海外旅行

287 track

핸드폰 he*n.deu.pon
名 手機

▶핸드폰으로 통화하다.
用手機通話。
he*n.deu.po.neu.ro/tong.hwa.ha.da

햄버거 he*m.bo*.go*
名 漢堡

▶소고기 햄버거.
牛肉漢堡。
so.go.gi/he*m.bo*.go*

햇빛 he*t.bit
名 陽光

▶강한 햇빛.
強烈的陽光。
gang.han/he*t.bit

행복 he*ng.bok
名 幸福

▶행복한 가족.
幸福的家庭。
he*ng.bo.kan/ga.jok

행사 he*ng.sa
名 活動、典禮、慶典

▶행사를 열다.
舉辦活動。
he*ng.sa.reul/yo*l.da

track 288

허리	ho*.ri
名 腰	

➡허리를 펴다.

挺直腰部。

ho*.ri.reul/pyo*.da

현금	hyo*n.geum
名 現金	

➡현금으로 지불할게요.

我要用現金付款。

hyo*n.geu.meu.ro/ji.bul.hal.ge.yo

현재	hyo*n.je*
名 現在	

➡현재 시간.

現在時間。

hyo*n.je*/si.gan

형	hyo*ng
名 哥哥（弟稱呼兄）	

➡형님.

哥哥（尊稱）。

hyo*ng.nim

형제	hyo*ng.je
名 兄弟、兄弟姊妹	

➡형제가 몇 명 있어요?

你有幾個兄弟姊妹？

hyo*ng.je.ga/myo*n.myo*ng/i.sso*.yo

289 track

호	ho
名 號	

▶210 호실.

210號室。

i.be*k.ssi.po.sil

호랑이	ho.rang.i
名 老虎	

호텔	ho.tel
名 酒店、飯店	

▶좋은 호텔을 소개해 주세요.

請介紹好的飯店給我。

jo.eun/ho.te.reul/sso.ge*.he*/ju.se.yo

혼자	hon.ja
名副 獨自、單獨	

▶혼자서 집에 갈 때는 조심해야 된다.

獨自回家時，要小心。

hon.ja.so*/ji.be/gal/de*.neun/jo.sim.he*.ya/dwen.da

홈페이지	hom.pe.i.ji
名 網頁、主頁	

홍차	hong.cha
名 紅茶	

▶실론 홍차.

錫蘭紅茶。

sil.lon/hong.cha

track 290

화	hwa
名 火氣、怒氣	

▶화를 풀다.
消氣。
hwa.reul/pul.da

화가	hwa.ga
名 畫家	

화나다	hwa.na.da
動 生氣	

▶화난 얼굴.
生氣的臉。
hwa.nan/o*l.gul

화내다	hwa.ne*.da
動 生氣、發脾氣	

▶화를 내지 마라.
不要發脾氣。
hwa.reul/ne*.ji/ma.ra

화요일	hwa.yo.il
名 星期二	

화장실	hwa.jang.sil
名 化妝室	

▶여자 화장실.
女生化妝室。
yo*.ja/hwa.jang.sil

291 track

화장품 hwa.jang.pum
名 化妝品

백화점 일 층에 화장품 매장이 있어요.
百貨公司一樓有化妝品賣場。
be*.kwa.jo*m/il/cheung.e/hwa.jang.pum/me*.jang.i/i.sso*.yo

화장하다 hwa.jang.ha.da
動 化妝

그녀는 데이트를 하기 위해 화장했다.
為了要約會，她化妝了。
geu.nyo*.neun/de.i.teu.reul/ha.gi/wi.he*/hwa.jang.he*t.da

확인하다 hwa.gin.ha.da
動 確認

위치를 확인하다.
確認位置。
wi.chi.reul/hwa.gin.ha.da

환영하다 hwa.nyo*ng.ha.da
動 歡迎

손님, 환영합니다.
客人，歡迎您。
son.nim//hwa.nyo*ng.ham.ni.da

환자 hwan.ja
名 患者、病人

이 환자는 수술을 받아야 돼요.
這位患者必須要動手術。
i/hwan.ja.neun/su.su.reul/ba.da.ya/dwe*.yo

회사	hwe.sa
名 公司	

▶주식 회사.
股份公司。
ju.si.kwe.sa

회사원	hwe.sa.won
名 公司員工	

회색	hwe.se*k
名 灰色	

▶회색 구름.
灰色的雲。
hwe.se*k/gu.reum

회의	hwe.ui
名 會議	

▶회의실.
會議室。
hwe.ui.sil

횡단보도	hweng.dan.bo.do
名 行人穿越道	

후	hu
名 後、以後	

▶며칠 후.
幾天後。
myo*.chil/hu

293 track

후배 hu.be*
名 後輩

저녁에 후배하고 같이 술을 마셨어요.
晚上和後輩一起喝了酒。
jo*.nyo*.ge/hu.be*.ha.go/ga.chi/su.reul/ma.syo*.sso*.yo

휴가 hyu.ga
名 休假

휴가 때 바닷가에 놀러 가자.
休假時，去海邊玩吧！
hyu.ga.de*/ba.dat.ga.e/nol.lo*/ga.ja

휴대전화 hyu.de*.jo*n.hwa
名 手機

휴일 hyu.il
名 公休日、休息日

휴일을 이용하여 가족과 함께 여행 갔다.
利用假日和家人一起去旅行。
hyu.i.reul/i.yong.ha.yo*/ga.jok.gwa/ham.ge/yo*.he*ng.gat.da

휴지 hyu.ji
名 衛生紙

휴지를 함부로 버리지 마시오.
不要亂丟垃圾。
hyu.ji.reul/ham.bu.ro/bo*.ri.ji/ma.si.o

휴지통 hyu.ji.tong
名 垃圾桶

track 294

흐리다	heu.ri.da
形 昏暗、陰沉	

흐린 날씨.

陰天。

heu.rin/nal.ssi

흰색	hin.se*k
名 白色	

흰색 가방.

白色包包。

hin.se*k/ga.bang

힘	him
名 力量、力氣	

힘이 세다.

力量強。

hi.mi/se.da

힘들다	him.deul.da
形 吃力、難	

하기 힘든 일.

難做的事情。

ha.gi/him.deun/il

New 토픽 초급 어휘•문법 완전공략

Part

2

TOPIK 必備 初級文法

295 track

이/가

說 明

「이/가」接在名詞後方，表示該名詞為句子的主語。若所接名詞末音節為母音時，就使用「가」；若為子音時，則使用「이」。

例 아이가 울고 있다.
a.i.ga/ul.go/it.da
小孩在哭。

例 산이 높다.
sa.ni/nop.da
山高。

은/는

說 明

은/는接在名詞後方，該名詞作為句子的主題或闡述的對象。也可用來表示已被提起過的「舊主題」或兩種事物進行比較時。
名詞末音節為母音時，接「는」。
名詞末音節為子音時，接「은」。

例 오늘은 휴일입니다.
o.neu.reun/hyu.i.rim.ni.da
今天是休息日。

例 여동생은 키가 작지만 남동생은 키가 커요.
yo*.dong.se*ng.eun/ki.ga/jak.jji.man/nam.dong.se*ng.eun/ki.ga/ko*.yo
妹妹個子矮，但弟弟個子高。

track 296

께서

說明

「께서」為「이/가」的敬語型態。「께서」所結合的名詞對象（主語），必須要比談話者或聽話者的年齡或社會階層高，才可以使用。

例 할아버지께서 신문을 보십니다.
ha.ra.bo*.ji.ge.so*/sin.mu.neul/bo.sim.ni.da
爺爺在看報紙。

例 교수님께서 댁으로 돌아가셨어요.
gyo.su.nim.ge.so*/de*.geu.ro/do.ra.ga.syo*.sso*.yo
教授回家了。

을/를

說明

「을/를」是目的格助詞，接在動詞作用的對象（名詞）後方，名詞末音節為母音時，後面接「를」；若是子音時，後面接「을」。

例 집에서 영화를 봐요.
ji.be.so*/yo*ng.hwa.reul/bwa.yo
在家裡看電影。

例 한식집에서 점심을 먹습니다.
han.sik.jji.be.so*/jo*m.si.meul/mo*k.sseum.ni.da
在韓式料理店吃午餐。

의

說明

「의」連接在名詞後面，用來修飾後面的名詞，為具有冠形詞功能的助詞。相當於中文的「的」之意，有時候可以省略。

例 이것은 누구의 모자예요?
i.go*.seun/nu.gu.ui/mo.ja.ye.yo
這個是誰的帽子呢？

例 비가 와서 친구의 우산을 빌렸어요.
bi.ga/wa.so*/chin.gu.ui/u.sa.neul/bil.lyo*.sso*.yo
因為下雨，所以借了朋友的雨傘。

도

說明

「도」是補助詞，代表「與文脈中可以把握的事物相同」的意涵；有時，也可以使用在同一文句中列舉兩種以上事物的情況，相當於中文的「也」。

例 저는 돈도 없고 시간도 없어요.
jo*.neun/don.do/o*p.go/si.gan.do/o*p.sso*.yo
我沒錢，也沒時間。

例 저는 녹차를 좋아해요. 홍차도 좋아해요.
jo*.neun/nok.cha.reul/jjo.a.he*.yo//hong.cha.do/jo.a.he*.yo
我喜歡喝綠茶，也喜歡喝紅茶。

track 298

이

說明

「이」是指示代名詞，有「這個」的意思。如果要指示事物，可以使用「이」；如果要指稱場所，可以使用「여기」來表示「這裡」的意思。另外，「이」和「여기」是近稱，表指示的事物，離談話者很近。

例 이것이(이게) 제 가방입니다.
i.go*.si/je/ga.bang.im.ni.da
這是我的包包。

例 여기는 학원이에요.
yo*.gi.neun/ha.gwo.ni.e.yo
這裡是補習班。

그

說明

「그」是指示代名詞，有「那個」的意思。如果要指示事物，可以使用「그」；如果要指稱場所，可以使用「거기」來表示「那裡」的意思。另外，「그」和「거기」是中稱，表指示的事物，離聽話者近，離談話者遠。

例 그것은 (그건) 무엇입니까?
geu.go*.seun/mu.o*.sim.ni.ga
那個是什麼？

例 거기 꼼짝 말고 있어라.
go*.gi/gom.jjak/mal.go/i.sso*.ra
待在那裡不要動。

저

說明

「저」是指示代名詞，有「那個」的意思。如果要指示事物，可以使用「저」；如果要指稱場所，可以使用「저기」來表示「那裡」的意思。另外，「저」和「저기」是遠稱，表指示的事物，離聽話者、談話者都遠。

例 저 건물이 뭐예요?
jo*/go*n.mu.ri/mwo.ye.yo
那棟建築是什麼？

例 저기가 우리 학교예요.
jo*.gi.ga/u.ri/hak.gyo.ye.yo
那裡是我們學校。

와/과/하고

說明

「와/과」對等連接兩個或兩個以上的名詞，代表「和、與」的意涵。若所接名詞末音節為母音時，就使用「와」；若是子音時，則使用「과」。「하고」為口語用法。

 track 300

例 너와 나는 생각이 다르다.
no*.wa/na.neun/se*ng.ga.gi/da.reu.da
你和我的想法不同。

例 친구들과 함께 여행 갔어요.
chin.gu.deul.gwa/ham.ge/yo*.he*ng/ga.sso*.yo
和朋友們一起去旅行了。

에

說明

「에」是助詞，表示要移動的場所或地點、時間、方向、位置等，根據「에」前面銜接名詞的不同，意思也會跟著不同。

例 언제 대만에 오셨습니까?
o*n.je/de*.ma.ne/o.syo*t.sseum.ni.ga
您何時來台灣的呢？

例 오후 세 시에 만나자!
o.hu.se.si.e/man.na.ja
下午3點見！

에서

說明

에서是助詞，接在名詞後方。表示在某一地點做某一動作行為，相當於中文的「在…做…」。也可表示某個行為或狀態的起點，相當於中文的「從…」。

例 기차역에서 친구를 기다렸어요.
gi.cha.yo*.ge.so*/chin.gu.reul/gi.da.ryo*.sso*.yo
在火車站等了朋友。

例 어디에서 오셨습니까?
o*.di.e.so*/o.syo*t.sseum.ni.ga
您從哪裡來？

로/으로

說明

「로/으로」是助詞，連接在名詞後面，表示方向、手段、方法等意涵。名詞末音節為母音時，使用「로」；若是子音時，則使用「으로」。

例 대구에 기차로 왔어요.
de*.gu.e/gi.cha.ro/wa.sso*.yo
搭火車來大邱的。

例 이 버스는 시내로 갑니까?
i/bo*.seu.neun/si.ne*.ro/gam.ni.ga
這台公車會到市區嗎？

에게/한테/께

說明

에게/한테是助詞，表示受到某個行為所影響的對象，接在表示人或動物的名詞後方，相當於中文的「給…、向…」。에게和한테的敬語是「께」。

 track 302

例 친구에게 전화를 했어요.
chin.gu.e.ge/jo*n.hwa.reul/he*.sso*.yo
打電話給朋友了。

例 누구한테 말했어요?
nu.gu.han.te/mal.he*.sso*.yo
你向誰說了？

에게서/한테서

說明

「에게서」是連接在名詞後面的助詞，口語的用法是「한테서」，表示名詞（人）的行為發生之處或出發點。相當於中文的「從…那裡…」。

例 언니한테서 얘기를 들었어요.
o*n.ni.han.te.so*/ye*.gi.reul/deu.ro*.sso*.yo
從姊姊那聽說了。

例 할아버지한테서 선물을 받았어요.
ha.ra.bo*.ji.han.te.so*/so*n.mu.reul/ba.da.sso*.yo
從爺爺那收到禮物了。

까지

說明

「까지」是補助詞，連接在名詞、副詞後方，表示時間、空間、動作或狀態的結束界線。相當於中文的「到…為止」。

303 track

例 회사까지 데려다 줄게요.
hwe.sa.ga.ji/de.ryo*.da/jul.ge.yo
我送你到公司。

例 오후 한 시부터 세 시까지 방에서 책을 읽어요.
o.hu/han/si.bu.to*/se/si.ga.ji/bang.e.so*/che*.geul/il.go*.yo
從下午一點到三點為止在房間看書。

마다

說明

「마다」是補助詞，主要連接在名詞後面，表示「一個也不少，全部」的意思。相當於中文的「每…」、「都…」。

例 날마다 회사에 갑니다.
nal.ma.da/hwe.sa.e/gam.ni.da
每天去公司。

例 지방마다 특산물이 있습니다.
ji.bang.ma.da/teuk.ssan.mu.ri/it.sseum.ni.da
每個地方都有特產。

쯤

說明

「쯤」連接在名詞之後，表示「大約…左右」之意。

track 304

例 회사까지 버스로 십오 분쯤 걸립니다.
hwe.sa.ga.ji/bo*.seu.ro/si.bo/bun.jjeum/go*l.lim.ni.da
搭公車到公司大概要花 15 分鐘左右。

例 다음 주쯤 여기를 떠날 겁니다.
da.eum.ju.jjeum/yo*.gi.reul/do*.nal/go*m.ni.da
大概下禮拜會離開這裡。

안

說 明

「안」是副詞，用來否定行為動作或狀態。在動詞或形容詞前方接「안」，或在動詞或形容詞語幹後方接「지 않다」。相當於中文的「不…」。

例 제 친구가 소고기를 안 먹어요.
je/chin.gu.ga/so.go.gi.reul/an/mo*.go*.yo
我的朋友不吃牛肉。

例 그 여자는 예쁘지 않습니다.
geu/yo*.ja.neun/ye.beu.ji/an.sseum.ni.da
那女孩不漂亮。

못

說 明

「못」為否定形，表示能力上的不行、不能、無法，有兩種型態分別是「못」與「~지 못하다」。此否定型可以使用在敘述句以及疑問句上。

305 track

例 이런 음식을 못 먹어요.
i.ro*n/eum.si.geul/mot/mo*.go*.yo
我不能吃這種食物。

例 한국어를 하지 못해요?
han.gu.go*.reul/ha.ji/mo.te*.yo
你不會韓文嗎？

고

說明

「고」是連結語尾，可以使用在「羅列兩種以上的事實」、「兩事件在同時間發生」、「時間上的順序」等情況。

例 산이 높고, 바다가 깊다.
sa.ni/nop.go//ba.da.ga/gip.da
山高，水深。

例 저녁을 먹고 숙제를 합니다.
jo*.nyo*.geul/mo*k.go/suk.jje.reul/ham.ni.da
吃完飯後寫作業。

에는

說明

「에」表示地點，「는」表示強調。當「에」與「는」結合在一起時，表示對存在場所的強調。相當於中文的「在…」。

track 306

例 백화점에는 값 비싼 물건들이 많습니다.
be*.kwa.jo*.me.neun/gap/bi.ssan/mul.go*n.deu.ri/man.sseum.ni.da
百貨公司有許多價格昂貴的物品。

例 공원에 갔어요. 거기에는 아이들이 많았습니다.
gong.wo.ne/ga.sso*.yo//go*.gi.e.neun/a.i.deu.ri/ma.nat.sseum.ni.da
去了公園，那裡有很多小孩子。

인칭대명사

說明

第一人稱（我）→나, 저
第二人稱（你）→너, 당신
第三人稱（他）→그（他），그녀（她），그 사람（那個人）
第一人稱複數（我們）→우리, 저희
第二人稱複數（你們）→너희
第三人稱複數（他們）→그들, 그 사람들

例 너는 학생이야.
no*.neun/hak.sse*ng.i.ya
你是學生。

例 우리는 절대 후회하지 않을 거예요.
u.ri.neun/jo*l.de*/hu.hwe.ha.ji/a.neul/go*.ye.yo
我們絕對不會後悔。

307 track

의문대명사

說明

「무엇」用來指稱自己所不知道的事物；「어디」是用來詢問人、事、物的位置在哪裡；「언제」是使用在向對方確認時間、日期的。

例 지금 무엇을 해요?
ji.geum/mu.o*.seul/he*.yo
現在在做什麼？

例 언제 일본에 갑니까?
o*n.je/il.bo.ne/gam.ni.ga
何時去日本呢？

(으)시

說明

「(으)시」是敬語的用法，用來尊敬聽話者，或比談話者或聽話者的年齡或社會階層還高的對象。

例 할머니가 신문을 읽으십니다.
hal.mo*.ni.ga/sin.mu.neul/il.geu.sim.ni.da
奶奶在看報紙。

例 부장님이 저녁 여섯 시에 퇴근하셨습니다.
bu.jang.ni.mi/jo*.nyo*k/yo*.so*t/si.e/twe.geun.ha.syo*t.sseum.ni.da
部長傍晚六點下班了。

track 308

동안

說 明

表示動作持續的時間。名詞後面接「~동안」，動詞後面接「~는 동안」。相當於中文的「在…期間」。

例 그동안 잘 지내셨어요?
geu.dong.an/jal/jji.ne*.syo*.sso*.yo
您最近過得好嗎？

例 방학 동안 가족들과 바다에 갔습니다.
bang.hak/dong.an/ga.jok.deul.gwa/ba.da.e/gat.sseum.ni.da
放假期間和家人去了海邊。

(으)ㄹ 때

說 明

表示未來動作或狀態發生的時間，也可以接在名詞後面，直接使用「때」即可。相當於中文的「…的時候」。

例 방학 때 뭘 할 거예요?
bang.hak/de*/mwol/hal/go*.ye.yo
放假時你要做什麼？

例 졸업할 때 부모님이 오실 겁니까?
jo.ro*.pal/de*/bu.mo.ni.mi/o.sil/go*m.ni.ga
畢業時你的父母會來嗎？

309 track

기 전에

說 明

表示「之前」的意思。如果要表示某個動作或行為之前，可以使用「~기 전에」；如果要表示某個時間點之前，可以使用「전에」。

例 밥을 먹기 전에 손을 씻어야 돼요.
ba.beul/mo*k.gi/jo*.ne/so.neul/ssi.so*.ya/dwe*.yo
吃飯前要洗手。

例 일년 전에 그 회사에서 일하고 있었어요.
il.lyo*n/jo*.ne/geu.hwe.sa.e.so*/il.ha.go/i.sso*.sso*.yo
一年前我在那家公司工作。

(으)ㄴ 후에

說 明

表示「之後」的意思。如果要表示某個動作或行為之後，可以使用「(으)ㄴ후에」；如果要表示某個時間點之後，可以使用「후에」。

例 한 시간 후에 여기서 만납시다.
han.si.gan/hu.e/yo*.gi.so*/man.nap.ssi.da
一個小時後在這裡見吧！

例 일을 다 끝낸 후에 얘기 좀 합시다.
i.reul/da/geun.ne*n/hu.e/ye*.gi/jom/hap.ssi.da
事情都結束後我們聊聊吧！

track 310

(으)려고

說 明

「(으)려고」連接在動詞語幹後面，表示「目的、意圖」。相當於中文的「為了…而…」、「想要…而…」。

例 집을 사려고 돈을 벌어요.
ji.beul/ssa.ryo*.go/do.neul/bo*.ro*.yo
為了買房子而賺錢。

例 돈을 찾으려고 은행에 갑니다.
do.neul/cha.jeu.ryo*.go/eun.he*ng.e/gam.ni.da
為了領錢而去銀行。

(으)니까

說 明

是連結語尾，前句是後句的原因或理由。如果想針對對方說的話，給予回應或解釋時，也可以使用這個句型。

例 퇴근 시간이 다 되니까 그만 합시다.
twe.geun.si.ga.ni/da/dwe.ni.ga/geu.man/hap.ssi.da
因為已經是下班時間了，所以做到這裡吧！

例 집이 더러우니까 청소합시다.
ji.bi/do*.ro*.u.ni.ga/cho*ng.so.hap.ssi.da
家裡很髒，我們打掃吧。

311 track

지만

說 明

지만為連接語尾，接在動詞、形容詞語幹後方，表示前後文的內容相反。相當於中文的「雖然…但是…」。

例 이 일은 힘들지만 보람이 있습니다.
i/i.reun/him.deul.jji.man/bo.ra.mi/it.sseum.ni.da
雖然這工作很辛苦，但很有價值。

例 여기 물건은 싸지만 질이 안 좋아요.
yo*.gi/mul.go*.neun/ssa.ji.man/ji.ri/an/jo.a.yo
這裡的東西雖然便宜，但品質不好。

아/어/여서

說 明

為連接語尾，表示前句的動作或狀態會是後句的原因或條件。另外，也可以表示時間上的順序，前句的狀況發生之後，後句的狀況才會發生。

例 돈이 없어서 새 차를 사지 못했어요.
do.ni/o*p.sso*.so*/se*/cha.reul/ssa.ji/mo.te*.sso*.yo
因為沒錢，所以不能買新車。

例 백화점에 가서 선물을 샀어요.
be*.kwa.jo*.me/ga.so*/so*n.mu.reul/ssa.sso*.yo
去百貨公司買了禮物。

track 312

때문에

說 明

「때문에」可以連接在名詞後面，表示原因或理由。也可以接在動詞、形容詞後方，在語幹後面接「~기 때문에」即可。相當於中文的「因為…所以…」、「由於…」。

例 그 사람은 교통 사고 때문에 죽었어요.
geu/sa.ra.meun/gyo.tong/sa.go/de*.mu.ne/ju.go*.sso*.yo
那個人因車禍身亡。

例 시간이 없기 때문에 점심을 못 먹었어요.
si.ga.ni/o*p.gi/de*.mu.ne/jo*m.si.meul/mot/mo*.go*.sso*.yo
因為沒有時間，所以沒吃午餐。

는/(으)ㄴ/(으)ㄹ

說 明

連接在動詞、形容詞後面，用來修飾後面出現的名詞。「는」為現在式，「(으)ㄴ」為過去式，「(으)ㄹ」為未來式，連接在動詞後面。動詞現在式「는」可以表示正在進行的動作或經常性。「(은)ㄴ」接在形容詞後面，表示事物的性質或狀態。相當於中文的「…的…」。

例 내일 갈 곳이 어디입니까?
ne*.il/gal/go.si/o*.di.im.ni.ga
明天要去的地方是哪裡？

例 지금 보는 것이 무엇입니까?
ji.geum/bo.neun/go*.si/mu.o*.sim.ni.ga
您現在看的是什麼？

例 어제 만난 친구가 누구입니까?
o*.je/man.nan/chin.gu.ga/nu.gu.im.ni.ga
昨天見面的朋友是誰？

例 그 친절한 아주머니가 여기의 주인입니다.
geu/chin.jo*l.han/a.ju.mo*.ni.ga/yo*.gi.ui/ju.i.nim.ni.da
那親切的阿姨是這裡的主人。

(으)ㄴ데

說明

「(으)ㄴ데」是連接語尾，連接在動詞或形容詞後面，表示「轉折、提示」等的意涵。

例 아까 라면을 먹었는데 아직 배가 고프네요.
a.ga/ra.myo*.neul/mo*.go*n.neun.de/a.jik/be*.ga/go.peu.ne.yo
剛才吃了泡麵，但是肚子還是餓。

例 한국어 문법이 어려운데 좀 가르쳐 주세요.
han.gu.go*/mun.bo*.bi/o*.ryo*.un.de/jom/ga.reu.cho*/ju.se.yo
韓文文法很難，請教我吧！

track 314

(으)면

說明

「(으)면」為連接語尾，接在動詞、形容詞或이다後面，表示假定的條件。相當於中文的「如果…的話」。

例 다른 약속이 있으면 얼른 가세요.

da.reun/yak.sso.gi/i.sseu.myo*n/o*l.leun/ga.se.yo

如果有其他的約會，請快離開。

例 한국에 가면 뭐 할 거예요?

han.gu.ge/ga.myo*n/mwo/hal/go*.ye.yo

你如果去韓國，會做什麼呢？

(으)러

說明

「(으)러」為連接語尾，表示「目的」。通常與「가다/오다」一起使用，若動詞的末音節為母音時，使用「~러」；若為子音時，則使用「~으러」。

例 같이 쇼핑하러 갈까요?

ga.chi/syo.ping.ha.ro*/gal.ga.yo

要不要一起去購物？

例 술을 한 잔 하러 갑시다.

su.reul/han/jan/ha.ro*/gap.ssi.da

一起去喝一杯吧！

315 track

있다/없다

說明

「있다」是「有」的意思，「없다」是「沒有」的意思。如果要詢問對方有沒有什麼物品時，在要找的物品後面加上「있습니까?」，就可以成功發問了。

例 저는 남자친구가 없어요.
jo*.neun/nam.ja.chin.gu.ga/o*p.sso*.yo
我沒有男朋友。

例 사진기가 있습니까?
sa.jin.gi.ga/it.sseum.ni.ga
有照相機嗎？

ㅂ니다/습니다/ㅂ니까?

說明

「(ㅂ)습니다」是終結語尾，是相當正式的敬語用法。「(ㅂ)습니까?」為疑問句的用法。如果再加上敬語「시」，有更加尊敬對方的意思。

例 무슨 일을 하십니까?
mu.seun/i.reul/ha.sim.ni.ga
您從事什麼工作？

例 명동에 가고 싶습니다.
myo*ng.dong.e/ga.go/sip.sseum.ni.da
我想去明洞。

track 316

(으)ㅂ시다

說明

(으)ㅂ시다為勸誘句，接在動詞語幹後方，表示邀請或建議他人和自己一起去做某事。當於中文的「（我們）做…吧！」。

例 일을 그만 합시다.
i.reul/geu.man/hap.ssi.da
工作到此為止吧！

例 이제 출발합시다.
i.je/chul.bal.hap.ssi.da
現在出發吧！

(으)십시오

說明

(으)십시오為格式體命令句，接在動詞語幹後方，表示有禮貌地請求對方做某事。當於中文的「請您…(做)…」。禁止形為「지 마십시오.」。

例 창문을 닫으십시오.
chang.mu.neul/da.deu.sip.ssi.o
請您關窗戶。

例 떠나지 마십시오.
do*.na.ji/ma.sip.ssi.o
請不要離開。

317 track

고 싶다

說 明

表示希望、想要的意思。「고 싶다」使用在主語是第一人稱時，若主語為第二人稱時，要使用疑問句。若是第三人稱，則要使用「고 싶어하다」。

例 한국 여행을 하고 싶습니다.

han.guk/yo*.he*ng.eul/ha.go/sip.sseum.ni.da

我想去韓國旅遊。

例 어디에 가고 싶습니까?

o*.di.e/ga.go/sip.sseum.ni.ga

您想去哪裡？

겠

說 明

「겠」接在動詞或形容詞語幹後方，表示①說話者的決心、意志②說話者的推測③ 婉轉的態度。

例 주말에 콘서트에 가겠습니다.

ju.ma.re/kon.so*.teu.e/ga.get.sseum.ni.da

我周末要去演唱會。

例 내일 비가 오겠어요.

ne*.il/bi.ga/o.ge.sso*.yo

明天應該會下雨。

track 318

았/었/였

說 明

動詞或形容詞的過去式，判斷語幹母音，語幹的母音是「ㅏ, ㅗ」時，接았。語幹的母音不是「ㅏ, ㅗ」時，接었。하다類的詞彙，接였，하和였兩者結合後會變成했。

例 아침에 커피를 마셨어요.

a.chi.me/ko*.pi.reul/ma.syo*.sso*.yo

早上喝了咖啡。

例 일본 관광객이 대만에 왔습니다.

il.bon.gwan.gwang.ge*.gi/de*.ma.ne/wat.sseum.ni.da

日本觀光客來到台灣了。

(으)ㄹ까요?

說 明

為終結語尾，使用在疑問句。如果想要詢問對方有關自己或他人未來的行為，或是詢問對方「要不要一起…呢?」時，都可以使用「(으)ㄹ까요?」。

例 어디에 갈까요? 마트에 갑시다.

o*.di.e/gal.ga.yo//ma.teu.e/gap.ssi.da

我們去哪裡呢？我們去超市吧。

例 이제 시작할까요?

i.je/si.ja.kal.ga.yo

我們現在開始嗎？

319 track

지요?

說 明

「지요?」接在動詞或形容詞語幹後方，將自己已經知道的事情再次向對方確認，或徵求對方的認同。略語為「죠?」。

例 이 일은 어렵지 않지요?
i/i.reun/o*.ryo*p.jji/an.chi.yo
這工作不難吧？

例 요즘 돈이 없죠?
yo.jeum/do.ni/o*p.jjyo
你最近沒有錢吧？

아/어/여 주다/드리다

說 明

表示請人幫自己做事，或自己幫他人做事。若幫忙的對象比自己的身分地位、年齡還高時，則要使用「아/어/여 드리다」，來尊敬對方。相當於中文的「幫…做…」。

例 좀 도와 주시겠습니까?
jom/do.wa/ju.si.get.sseum.ni.ga
可以幫我的忙嗎？

例 자세히 설명해 드릴게요.
ja.se.hi/so*l.myo*ng.he*/deu.ril.ge.yo
我仔細為您說明一下。

track 320

군요/는군요

說明

表示感嘆或評價。形容詞、이다、過去式後面使用「군요」，動詞現在式後面使用「는군요」。可以翻成中文的「…呀！」、「…啊！」。

例 매우 멀군요.
me*.u/mo*l.gu.nyo
很遠呀！

例 비가 오는군요. 우산이 없는데 어떡해요?
bi.ga/o.neun.gu.nyo//u.sa.ni/o*m.neun.de/o*.do*.ke*.yo
在下雨啊！我沒有傘，怎麼辦呢？

아/어/여요

說明

非格式體尊敬形終結語尾，用來對聽話者的尊敬。接在動詞或形容詞語幹後方，判斷語幹母音，語幹的母音是「ㅏ,ㅗ」時，接아요。語幹的母音不是「ㅏ, ㅗ」時，接어요。하다類的詞彙，接여요，하和여兩者結合後會變成해。

例 이따가 교회에 가요.
i.da.ga/gyo.hwe.e/ga.yo
待會去教會。

例 돼지가 뚱뚱해요.
dwe*.ji.ga/dung.dung.he*.yo
豬很胖。

321 track

(으)세요

說 明

為敬語的用法，口語中可以表命令、敘述、疑問等。若語幹的末音節為母音時，就使用「세요」；若為子音時，則使用「으세요」。

例 회사에 가세요?
hwe.sa.e/ga.se.yo
您去公司嗎？

例 한국어 씨디를 잘 들으세요.
han.gu.go*/ssi.di.reul/jjal/deu.reu.se.yo
請您好好地聽韓國語 CD。

(으)ㄹ 것이다

說 明

表示意志、推測。當主語是第一、二人稱時，表示意志；當主語是第三人稱時，表示對某一狀態或未來行為的推測。相當於中文的「好像會…」。

例 주말에 저는 서울에 갈 거예요.
ju.ma.re/jo*.neun/so*.u.re/gal/go*.ye.yo
周末我會去首爾。

例 내일 비가 내릴 거예요.
ne*.il/bi.ga/ne*.ril/go*.ye.yo
明天好像會下雨。

(으)ㄹ/ㄴ/는 것 같다

說明

表示對某事或狀態的推測。動詞過去式「ㄴ 것 같다」用，現在式用「는 것 같다」，未來式用「(으)ㄹ 것 같다」，形容詞用「ㄴ 것 같다」。

例 날씨가 점점 좋아진 것 같습니다.

nal.ssi.ga/jo*m.jo*m/jo.a.jin/go*t/gat.sseum.ni.da

天氣好像漸漸變好了。

例 회의는 다 끝난 것 같아요.

hwe.ui.neun/da/geun.nan/go*t/ga.ta.yo

會議好像都結束了。

(으)ㄹ 수 있다/없다

說明

「~(으)ㄹ 수 있다」表示可能性或能力。如果要表示沒有某種可能性或能力，可以使用「~(으)ㄹ 수 없다」。

例 운전할 수 있습니까?

un.jo*n.hal/ssu/it.sseum.ni.ga

你會開車嗎？

例 너무 피곤해서 집안일을 할 수 없습니다.

no*.mu/pi.gon.he*.so*/ji.ba.ni.reul/hal/ssu/o*p.sseum.ni.da

因為太累，無法做家事。

323 track

지 말다

說 明

這是在勸誘或命令他人時所使用的句型。當自己想要命令對方，不要去做某件事時，就可以使用這個句型。相當於中文的「不要…」、「不准…」。

例 놀지 말고 공부 좀 하세요.
nol.ji/mal.go/gong.bu/jom/ha.se.yo
不要玩讀點書吧！

例 담배를 피우지 마세요.
dam.be*.reul/pi.u.ji/ma.se.yo
請不要抽菸。

고 있다

說 明

「고 있다」接在動詞語幹後方，表示某一行為動作正在進行當中。相當於中文的「正在做~」。其敬語形態為「고 계시다」。

例 동생이 지금 밥을 먹고 있어요.
dong.se*ng.i/ji.geum/ba.beul/mo*k.go/i.sso*.yo
弟弟現在在吃飯。

例 선생님이 지금 쉬고 계세요.
so*n.se*ng.ni.mi/ji.geum/swi.go/gye.se.yo
老師現在正在休息。

track 324

아/어/여 보다

說明

連接在動詞語幹之後，表示「嘗試去做某行為」或「已經做過某事、去過某處」。相當於中文的「試試…」、「…過…」。

例 이 반찬을 한 번 먹어 보세요.
i/ban.cha.neul/han/bo*n/mo*.go*/bo.se.yo
請品嚐看看這道菜。

例 한국에 한 번 가 보겠습니다.
han.gu.ge/han/bo*n/ga/bo.get.sseum.ni.da
我要去韓國一次看看。

기로 하다

說明

接在動詞語幹後面，表示決定要做某事。「기로」後面的動詞，可以是「하다」、「결정하다(決定)」、「정하다(決定)」等。

例 이 회사에 들어가기로 결정했어요.
i/hwe.sa.e/deu.ro*.ga.gi.ro/gyo*l.jo*ng.he*.sso*.yo
決定要進入這家公司。

例 남자친구와 결혼하기로 했습니다.
nam.ja.chin.gu.wa/gyo*l.hon.ha.gi.ro/he*t.sseum.ni.da
決定要和男朋友結婚。

325 track

처럼

說明

「처럼」接在名詞之後，表示「比較」之意，相當於中文的「像…一樣」。

例 가을 하늘은 호수처럼 파랗습니다.
ga.eul/ha.neu.reun/ho.su.cho*.ro*m/pa.ra.sseum.ni.da
秋天的天空像湖水一樣藍。

例 눈이 별처럼 반짝반짝 빛나요.
nu.ni/byo*l.cho*.ro*m/ban.jjak.ban.jjak/bin.na.yo
眼睛像星星一樣閃閃發亮。

이다/아니다

說明

「이다」為「是」的意思，否定形態為「아니다」。使用在主語和述語是統一的文章內，或使用在指定事物的時候。

例 이분은 선생님이시고 그분은 학생입니다.
i.bu.neun/so*n.se*ng.ni.mi.si.go/geu.bu.neun/hak.sse*ng.im.ni.da
這位是老師，那位是學生。

例 저는 초등학생이 아닙니다.
jo*.neun/cho.deung.hak.sse*ng.i/a.nim.ni.da
我不是小學生。

track 326

부터

說明

부터是補助詞，接在名詞後方，表示某一事情或狀態開始的時間或空間。相當於中文的「從~」。

例 월요일부터 금요일까지 회사에 가요.

wo.ryo.il.bu.to*/geu.myo.il.ga.ji/hwe.sa.e/ga.yo

星期一到星期五要上班。

例 어제부터 배가 아팠어요.

o*.je.bu.to*/be*.ga/a.pa.sso*.yo

從昨天開始就肚子痛了。

들

說明

接在名詞或代名詞後方，表示複數。

例 대만에는 오토바이들이 많다.

de*.ma.ne.neun/o.to.ba.i.deu.ri/man.ta

台灣有很多摩托車。

例 친구들.

chin.gu.deul

朋友們。

327 track

만

說明

連接在名詞、助詞後面，表示「只、唯一」。另外，也有「強調」的意思。若「만」置於主語或目的語之後時，主格助詞和目的格助詞要省略。

例 지갑에 돈이 천 원만 있어요.
ji.ga.be/do.ni/cho*n/won.man/i.sso*.yo
皮夾裡的錢只有一千韓元。

例 그 얘기는 나한테만 말해 주세요.
geu/ye*.gi.neun/na.han.te.man/mal.he*/ju.se.yo
那件事只跟我講就好。

밖에

說明

接在名詞後面，後面一定要接「否定」型態。例如：「밖에 ~없다」或「밖에 ~지 않다」等，表示「只有」。

例 우리에게는 이 방법밖에 없어요.
u.ri.e.ge.neun/i/bang.bo*p.ba.ge/o*p.sso*.yo
我們只有這個方法了。

例 이 그림은 세상에 하나밖에 없습니다.
i/geu.ri.meun/se.sang.e/ha.na.ba.ge/o*p.sseum.ni.da
這幅圖畫世上只有一幅。

track 328

보다

說明

接在名詞後面，表示「比較的對象」。使用在兩個事物比較的文句內，相當於中文的「A比B更…」。

例 건강은 무엇보다 더 중요합니다.

go*n.gang.eun/mu.o*t.bo.da/do*/jung.yo.ham.ni.da

健康比什麼都重要。

例 그의 몸은 예전보다 많이 나아졌다.

geu.ui/mo.meun/ye.jo*n.bo.da/ma.ni/na.a.jo*t.da

他的身體比以前好很多了。

는/(으)ㄴ데요

說明

在口語會話中，當作終結語尾時①回答出與對方所想的相反之答案時。②針對對方的提問做出回應，同時期待聽者的反應時。③對某事感到意外而發出感嘆的語氣。

例 돈이 있어요? 좀 빌려 주세요.

do.ni/i.sso*.yo//jom/bil.lyo*/ju.se.yo

你有錢嗎？借我一點。

例 지금 돈이 없는데요.

ji.geum/do.ni/o*m.neun.de.yo

我現在沒有錢。

329 track

(으)ㄴ 지

說明

接在動詞後面，表示「經過的時間」。「(으)ㄴ 지」經常與「되다」、「지나다」一起使用，相當於中文的「已經…了」。

例 대만에 온 지 십 년이 되었어요.
de*.ma.ne/on/ji/sim.nyo*.ni/dwe.o*.sso*.yo
來台灣已經十年了。

例 부산에 도착한 지 한 시간이 지났어요.
bu.sa.ne/do.cha.kan/ji/han/si.ga.ni/ji.na.sso*.yo
抵達釜山已經一個小時了。

아/어/여야 하다

說明

接在動詞、形容詞或이다後面，表示必需的條件。若要表達應該去做的事，或必需的情況時，就可以使用這個句型，相當於中文的「一定…」。

例 날마다 아침을 먹어야 합니다.
nal.ma.da/a.chi.meul/mo*.go*.ya/ham.ni.da
每天一定要吃早餐。

例 가족을 위해 돈을 벌어야 합니다.
ga.jo.geul/wi.he*/do.neul/bo*.ro*.ya/ham.ni.da
為了家人，必須要賺錢。

 track 330

기 위해서

說 明

接在動詞後方，表示行動的目的和意圖。若接在名詞後方，則要使用「을/를 위해서」，若接在形容詞後方，則要使用「아/어/여지기 위해서」。相當於中文的「為了…」。

例 건강을 위해서 아침마다 운동을 해요.
go*n.gang.eul/wi.he*.so*/a.chim.ma.da/un.dong.eul/he*.yo
為了健康，每天早上運動。

例 예뻐지기 위해서 다이어트를 했어요.
ye.bo*.ji.gi/wi.he*.so*/da.i.o*.teu.reul/he*.sso*.yo
為了變漂亮減肥了。

(으)ㄹ 줄 알다/모르다

說 明

接在動詞後面，表示是否知道做某事的方法，或是否具有做某事的能力。

例 바둑을 둘 줄 알아요.
ba.du.geul/dul/jul/a.ra.yo
會下圍棋。

例 한자를 읽을 줄 몰라요.
han.ja.reul/il.geul/jjul/mol.la.yo
不會讀漢字。

331 track

(으)면서

說 明

接在動詞後面，表示兩個動作同時進行，相當於中文的「一邊…一邊…」。若接在名詞後面，則要使用「(이)면서」，表示同時為兩種身分。

例 사진을 보면서 가족을 생각해요.
sa.ji.neul/bo.myo*n.so*/ga.jo.geul/sse*ng.ga.ke*.yo
一邊看照片，一邊思念家人。

例 친구는 학생이면서 서점 점원입니다.
chin.gu.neun/hak.sse*ng.i.myo*n.so*/so*.jo*m/jo*.mwo.nim.ni.da
朋友是學生，同時也是書局的店員。

아/어/여도

說 明

為連接語尾，接在動詞、形容詞之後，表示「讓步」。相當於中文的「即使…也…」。

例 일을 하기 싫어도 해야 돼요.
i.reul/ha.gi/si.ro*.do/he*.ya/dwe*.yo
即使不想工作，也必須要做。

例 바빠도 한 번 만나야죠.
ba.ba.do/han/bo*n/man.na.ya.jyo
即使忙，也要見上一面。

 track 332

아/어/여도 되다

說 明

接在動詞後面，由「아/어/여도」與有「行、可以」意涵的「되다」結合而成，表示「允許」。相當於中文的「即使…也可以」。

例 지금 집에 가도 됩니다.
ji.geum/ji.be/ga.do/dwem.ni.da
現在可以回家了。

例 내일 학교에 안 와도 됩니까?
ne*.il/hak.gyo.e/an/wa.do/dwem.ni.ga
明天不來學校也可以嗎？

(으)면 안 되다

說 明

接在動詞後面，由表假定條件的「(으)면」、有「行、可以」意涵的「되다」，以及表否定、禁止意義的「안」結合而成，表示「不可做某事」。

例 여기서 담배를 피우면 안 됩니다.
yo*.gi.so*/dam.be*.reul/pi.u.myo*n/an/dwem.ni.da
不可以在這裡抽菸。

例 이곳에서 사진을 찍으면 안 됩니다.
i.go.se.so*/sa.ji.neul/jji.geu.myo*n/an/dwem.ni.da
不可以在這裡照相。

333 track

(으)면 되다

說明

接在動詞後面，由表示假定條件的「(으)면」與有「行、可以」意涵的「되다」結合而成，表示「可以做…」、「做…就可以」。

Ⓐ 해결 방법을 몰라요.
he*.gyo*l/bang.bo*.beul/mol.la.yo
不知道解決的方法。

Ⓑ 남에게 물어 보면 돼요.
na.me.ge/mu.ro*/bo.myo*n/dwe*.yo
問別人就可以了。

아/어/여

說明

為終結語尾，使用在自己不需要對聽話者尊敬時，又稱之為「半語」。將非格式體尊敬形終結語尾「아/어/해요」的「요」拿掉即為半語。

例 지금 뭘 해?
ji.geum/mwol/he*
你現在在做什麼？

例 숙제를 하고 싶지 않아.
suk.jje.reul/ha.go/sip.jji/a.na
不想做作業。

track 334

ㅂ/습니다만

說明

由終結語尾「(ㅂ)습니다」和補助詞「만」結合而成。這裡的「만」與連接語尾「지만」意義相同。表示轉折或提示，相當於中文的「雖然…不過…」。

例 실례합니다만 들어가도 되겠습니까?
sil.lye.ham.ni.da.man/deu.ro*.ga.do/dwe.get.sseum.ni.ga
不好意思，我可以進去嗎？

例 죄송합니다만 잠깐 기다려 주세요.
jwe.song.ham.ni.da.man/jam.gan/gi.da.ryo*/ju.se.yo
對不起，請稍等。

아/어/여라

說明

為命令型，接在動詞後面，使用在年齡或社會地位與自己相同，或較低的人。若動詞語幹的母音是「ㅏ.ㅗ」時，就接「아라」；若是하다類的動詞，就接「여라」，兩者結合後會變成「해라」；其餘的母音則接「어라」。

例 밥을 먹어라.
ba.beul/mo*.go*.ra
吃飯吧！

例 공부 좀 해라.
gong.bu/jom/he*.ra
讀點書吧！